身代わり政略婚なのに、私を愛さないはずの堅物旦那様が剥き出しの独占欲で迫ってきます

m a r m a l a d e b u n k o

河 野 美 姫

marmalade bunko
マーマレード文庫

目次

身代わり政略婚なのに、私を愛さないはずの堅物旦那様が剥き出しの独占欲で迫ってきます

プロローグ・・・・・・・・・・・・・・・・6
一章　愛のない結婚と実らぬ恋・・・・・・・・18
二章　ふたりの変化と甘い夜・・・・・・・・・94
三章　優しい真実と冷たい現実・・・・・・・・172
四章　揺るがない想いと永遠の切愛・・・・・・256
エピローグ　Side Mikoto・・・・・・・・・338
番外編『キスは天使が眠ったあとで』Side Mikoto・・344
あとがき・・・・・・・・・・・・・・・・・348

身代わり政略婚なのに、私を愛さないはずの堅物旦那様が剥き出しの独占欲で迫ってきます

プロローグ

桜が満開に咲き誇る、三月下旬。

春の空は、お見合い日和と言わんばかりに晴れ渡っていた。

花や緑に囲まれている『グラツィオーゾホテル』の庭園には、大学を卒業したばかりの私——東雲依茉《しののめえま》の他に数人の姿があった。

(お見合いかぁ……)

自然とため息が漏れる。

そのあとで、自分にもいつか順番が回ってくるのだろうか……と考えて、憂鬱な気持ちになった。

今日は四歳上の姉——優茉《ゆま》と、『宝生《ほうしょう》グループ』の御曹司である宝生尊《みこと》さんのお見合いの日。

化粧品ブランド——『宝生堂《ほうしょうどう》』や、医薬品を扱う製薬会社——『宝生製薬《ほうしょうせいやく》』。

それらの企業を持つ宝生グループと言えば、日本《にほん》に住んでいればほとんどの人が耳にしたことがあるだろう。

基礎化粧品でも医薬品でも多くの特許を取得し、テレビを点ければ当たり前のように宝生堂のＣＭが流れ、起用されている女優と俳優も大物ばかり。

雑誌などでも、幾度となく宝生堂の製品が取り上げられている。

ドラッグストアに行けば必ず宝生製薬の薬が並び、風邪薬や鎮痛剤にお世話になったことがある人も多いはず。

私の家にも、昔から常備薬として母が置いていた。

病院で処方される薬にも宝生製薬のものが使われているし、私も化粧品やサプリメントを使用したことがある。

そのため、姉のお見合いの相手が宝生グループの御曹司だと聞いたときには、すぐに宝生堂や宝生製薬を想像した。

ただ、今日のそんな場に、なぜ私がいるのか。

普通のお見合いなら、当人たちと親が顔を合わせるものだろう。

けれど、今回は多忙な先方の家族の意向によって、お見合いと両家の顔合わせを一度に執り行うことになり、妹の私も駆り出されたのだ。

(気が重いなぁ……。堅苦しい席って苦手なんだよね)

才色兼備で文武両道の姉は、幼い頃からなんでも器用にこなしていた。

高校生のときに街でスカウトされてモデルになり、『優茉』という芸名でその道を順調に歩んでいる。

海外の有名なコレクションにも出演し、一時期はCM女王にもなったほど。

現在も仕事が途切れず、メディアで見かけない日の方が少ないくらいだ。

反して、私は昔からいわゆる〝出来の悪い子〟だった。

引っ込み思案で不器用な性格を重々理解しているため、今日はとにかく粗相をしないことだけに全力を尽くそうと決めている。

腕時計に視線を落とし、まだ時間に余裕があることを確認する。

重い気分のままだけれど、せめて今だけは美しい庭園の景色を楽しもうと思った。

園内を散策していると、前からベビーカーを押す女性が歩いてきた。ベビーカーの中では、まだ小さな赤ちゃんが眠っている。

その姿に癒やされて微笑を零しながら、端に寄って足を止めた直後。

「あっ……！」

すれ違いざまにベビーカーが傾き、女性が声を上げた。

私は反射的に手を伸ばし、体をベビーカーの方へと向けた。

無理な体勢のせいでバランスを崩し、上半身が前のめりになる。

「っ……！」

左手と膝は地面に勢いよくついてしまったけれど、右手だけはなんとかベビーカーを支えることができていた。

「ふぇっ……あぁ～……」

「赤ちゃん、大丈夫ですか!?」

「は、はいっ……！」

驚いて泣き出した赤ちゃんを、女性は焦った様子で抱き上げる。そのあとで私を見た彼女が、おろおろとした様子で青ざめた。

「すみません……！　お怪我は……」

「これくらい平気です」

痛みを笑顔で隠し、平静を装って立ち上がる。

「それより、ベビーカーが倒れなくてよかったです」

体がふらつきそうになってヒールが折れたことに気づいたけれど、さりげなく女性から見えないようにした。

「あなたが庇ってくださったおかげです。でも、あなたは手を擦りむいて……」

「私は大丈夫ですから」

女性がベビーカーのバランスを崩したのは、私に当たらないように通ろうとして右側に避けてくれたから。

その思いやりに気づいたからこそ、私も咄嗟《とっさ》に手を伸ばしていたのかもしれない。

せめて手当てを、と言う女性に丁重に断り、笑顔で見送る。

彼女は最後まで申し訳なさそうにしつつ、何度もお礼を口にしてから立ち去った。

女性と赤ちゃんの姿が小さくなったあと、すぐ近くにあったベンチに腰を下ろす。

「やっぱり折れてるよね……。どうしよう……」

姉のお見合いはこれからだというのに、片方のパンプスのヒールが折れている。

咄嗟に地面についた左手には、うっすらと血が滲《にじ》んでいた。

「大丈夫ですか？」

途方に暮れたような気持ちでいると、不意に私に影がかかった。

顔を上げた私の視界に入ってきたのは、息を呑むほど美しい男性だった。

切れ長の二重瞼に、スッと通った鼻梁《びりょう》。彫りの深い目鼻立ちに似合う、意志の強そうな凛々しい眉。

ほとんど黒に近い濃いめのブラウンの髪は、アップバング。襟足は短めで、爽やかな雰囲気を醸し出していた。

仕立てのいい三つ揃えのスーツは、彼によく似合っている。

スーツの上からでもわかるスタイルのいい体躯《たいく》にぴったりで、オーダーメイドだと思った。

「ああ、ヒールが折れてしまったんですね」

年齢は、きっと私よりもずっと上。けれど、丁寧な口調が安心感を与えてくれた。

「失礼。私が抱き上げても？」

「え？　……きゃあっ！」

返事をするよりも早く、背中に手を当てられて膝裏を掬《すく》われる。

パンプスを持ったままの私の体が宙に浮き、動揺でいっぱいになると、男性がクスリと笑った。

「ご安心を。誘拐したりはしませんよ、依茉さん」

悪戯《いたずら》っぽい眼差しと突然名前を呼ばれたことに、鼓動が大きく跳ね上がる。

「どうして私の名前を……？」

「申し遅れました。本日、あなたのお姉さんとお見合いをさせていただくことになっている、宝生尊です」

驚きで目を剥く私に、尊さんが唇の端を持ち上げる。

「そのままだと歩けないでしょうから、俺に身を任せてもらえると助かります」

「えっ？　いえっ……そんな……！」

慌てふためいて身じろいだものの、私を抱く腕はびくともしない。

「あなたを落とすわけにはいきませんので、できれば俺に身を委ねていてください。もうあまり時間がありませんから」

そう言われて、咄嗟に腕時計を確認する。

お見合いが始まるまで、あと三十分。

この近所にある大型複合商業施設に靴を買いに行く時間もなさそうで、ますます焦ってしまう。

すると、彼は優雅な足取りでホテル内へと入っていき、そのまま地下に向かった。

エレベーターから降りた尊さんが、ホテルに併設されているラグジュアリーブランドに一直線に向かい、店内に足を踏み入れる。

すかさず、スタッフたちが「宝生様！」と笑顔で寄ってきた。

彼は慣れた様子で、「彼女に合う靴をすぐに用意してください」と告げた。

「あの……私、お金はあまり持ってなくて……」

「そんなこと気にしなくていい。君は優茉さんの妹なんだから」

ソファに下ろされても戸惑うことしかできない私を余所《よそ》に、数足のパンプスが並べられていく。

その間、尊さんはスタッフたちと談笑していた。

確か、私よりも一回り年上だと聞いているけれど、彼の振る舞いは三十代前半とは思えないほど優雅で余裕がある。

「依茉さんの好みのものを選んで」

「で、でも……」

「じゃあ、俺が選んでもいいかな？」

笑顔の尊さんは、色とりどりのパンプスの中から一足を手に取った。

「その服ならこれが合いそうだけど、好みから外れてない？」

シンプルなベージュ系のパンプスは、華美なものが苦手な私好みだった。

今着ているパステルピンクのワンピースにもよく似合うだろうし、それ以外でも合わせやすそうだ。

「はい……。あの、でも――」

「じゃあ、決まり。彼女のサイズに合わせたものをください」

戸惑ったままの私を制するように、彼が決めてしまった。

「承知いたしました」

スタッフはてきぱきと準備を整え、新しいパンプスが用意される。

私が履いていたものはブランドのロゴが入った紙袋に入れられ、親切に怪我の手当てまでしてもらった。

丁重に見送られながら、私は本当に受け取ってもいいのかわからなくて……。

「あのっ……！」

エレベーターの手前で足を止め、隣を歩いていた尊さんに頭を深々と下げた。

「ご迷惑をおかけして申し訳ありません。それから、お恥ずかしいところをお見せしてしまったことも……」

彼はずっと優しく接してくれている。けれど、それはこれからお見合いをする相手の妹だから。

そして私は、姉のお見合い相手の前で粗相をしたも同然。

『この子は、姉と違って出来がよくなくて……』

不意に両親の口癖が脳裏に過り、私のせいで姉の縁談が破談にでもなったら……と不安になった。

「私は昔から姉と違って鈍くさくて……。ですが、姉はとても美人で人気者ですし、学生時代はスポーツも勉強も得意でした。えっと、だから……」

　私がなにを言いたいのか、尊さんは推し量っているようだった。

「ご迷惑をおかけしてしまいましたが、お見合いは……」

「ああ」

　私の真意を察したらしい彼が、ふっと瞳を緩める。

「なにも心配しなくていいよ。こんなことくらいで臍《へそ》を曲げたりしない」

　穏やかな声音に、胸を撫で下ろす。

　私のせいでお見合いが台無しになってしまったら、父になにを言われるか……。

　もちろん、多忙な合間を縫ってここに来た姉にも申し訳が立たない。

　そんな不安から解放され、安堵の笑みを浮かべた。

「それに、君は赤ちゃんを庇って転んだんだろう。ヒールが折れたのもそのせいだ」

　ホッとした直後、あの状況を見られていたと知って恥ずかしくなったけれど、尊さんは優しい笑みを浮かべたままだった。

「咄嗟にそんな行動に移せる優しさと勇気と判断力は、誇っていいものだ。それから、お姉さんと君は違う人間で、比べる必要なんてない」

　彼から真っ直ぐに贈られた言葉に、胸が詰まった。

鼻の奥がツンと痛んだ気がして、なんだか泣いてしまいそうになる。

昔からずっと、姉と比べられてきた。

けれど、姉と母方の祖母が私をとても可愛《かわい》がってくれていたおかげで、姉を嫌だと思ったことはない。

ただ、子ども心に両親の口癖に傷ついたり、両親の期待に応えられない平凡な自分に落胆したり……。そういうことは避けられなくて、いつしか私にはなにも誇れるものがないと思うようになった。

だから、尊さんがただの優しさでくれた言葉だと頭では理解していても、泣きたくなるほど嬉しかった。

今までは、こんな風に言ってくれる人はいなかった。

初対面でもそうじゃなくても、たいていの人は姉と私を比べて落胆するか可哀想だと言いたげに見てくるか。

そういった態度にはもうすっかり慣れていたはずなのに、彼の言葉はただの社交辞令に違いないと思うのに……。喜びに包まれた心が、小さく弾み始める。

尊さんは、きっと優しい人だ。

外見が整っているせいか、一見すると冷たそうな雰囲気だけれど……。彼は迷わずに私を助け、心に寄り添ってくれた。
こんな男性なら、たとえ政略結婚でも姉は幸せになれるに違いない。
「ありがとうございます」
「俺は思ったことを言っただけだ。さあ、行こう」
促されて、再び歩き出す。
広い背中を見つめながら、ヒールの折れたパンプスが入った紙袋を抱きしめた。
（いい人そうでよかった……）
尊さんは、姉の夫になる人。
だから、胸の奥で感じたささやかなものには気づかないふりをする。
だって、ただの勘違いかもしれない。
そうじゃなかったとしても、この気持ちは誰にも知られるわけにはいかない。
幸いにも、自分の気持ちを隠すのは慣れているつもり。
だから、きっと胸の奥底にしまい込めるはず。
まだ芽吹いたばかりの、私の小さな小さな恋心を――。

一章　愛のない結婚と実らぬ恋

一　青天の霹靂《へきれき》

桜の花が散り始めた、四月初旬の頃。

緊張でいっぱいだったあのお見合いの日から、早くも二年以上が経った。

最近の我が家では、姉の結婚が話題に上がることが多い。

今朝もそんな会話の中で朝食を済ませたあと、両親とともにリビングでコーヒーを飲んでいた。

L字型ソファの一人掛けの位置に座る父は、新聞を読んでいる。

私の隣にいる母は「お昼はなにを作ろうかしら」と、週末恒例の相談を持ちかけてきた。

私は、背中の下まで伸びたラベンダーブラウンの髪をバレッタでひとつに纏《まと》め、

「パスタはどう？」と提案する。

週末の見慣れた光景は、今日の天気のように穏やかな空気を纏っていた。

「私が作るよ。冷蔵庫にあったベーコンとオリーブを使っていい？」

「ええ、もちろん。じゃあ、お母さんはスープでも用意するわ」

私が「サラダも欲しいよね」と言えば、母が相槌を打つように頷く。

「そうね。野菜はなにがあったかしら」

「ルッコラとトマトはあったはずだよ。サラダも私が適当に作るね」

「じゃあ、お願いするわね。週末は依茉がご飯を作ってくれるからありがたいわ」

私とそっくりだと言われる垂れ目気味の二重瞼の双眸《そうぼう》が、喜びを表すように柔らかな弧を描く。

つられた私も、たぶん同じような表情をしているだろう。

綺麗《きれい》な鼻筋も、丸めの輪郭も、母から譲り受けたもの。子どもの頃は、よく愛らしいと褒められた。

けれど、ウェーブがかかったような天然パーマの髪もあいまって、今は年齢よりも幼く見られがちなことが小さな悩みだったりする。

もう二十四歳だというのに、つい先日なんて未成年に間違えられたくらいだ。

(お姉ちゃんは中学生の頃から大人っぽかったのになぁ)

四歳年上の姉のことを考えたとき、ふと昨夜のことを思い出した。

「そういえば、昨日お姉ちゃんからメッセージがきてたんだけど」

「あら、どんな用件だったの？」

メッセージには、ワイドショーの名前と【八時から観て】と書かれていただけ。

それを告げれば、母は「なにか大きな仕事でも決まったのかしら」と微笑《ほほえ》んだ。

父が「観ればわかるだろう」と言い、リモコンを手に取ってテレビを点ける。

ちょうど八時前だったため、すぐにワイドショーのタイトルが流れた。

ワクワクした気持ちで大きな画面を見つめていると、ジュエリーブランドの広告に使用されている姉の顔が映った。

もう何度も見ているものなのに、美しい表情に見惚《みほ》れてしまいそうになる。

『おはようございます！　今朝のトップニュースです！　人気モデルの優茉さんがご結婚されたという報告が、さきほど入ってきました！』

そんな中、開始直後に司会者が放ったニュースは、私たちをきょとんとさせた。

両親も私もすぐに内容を噛《か》み砕けなかったのは、姉には婚約者がいて今年中の入籍が決まっているから。

約二年前のお見合いで、姉は宝生家の次男である尊さんとの縁談が纏まったのだ。

『お相手は、カメラマンの男性だそうです。おふたりは長年にわたって交際し、このたびめでたくゴールインされたということです』

それなのに、ワイドショーの司会者が語るのは、私たちが知らないことばかり。

『また、優茉さんは所属していた事務所を三月付けで退社し、現在はご本人が新たに立ち上げた事務所に所属されているとのことです』

次から次へと語られる内容に、母と私は呆然《ぼうぜん》としたまま。父だけが、みるみるうちに青ざめていった。

テレビではコメンテーターたちが『いやぁ、驚きましたねぇ』と言いつつも、祝福ムードの和やかな雰囲気で話している。

『でも、優茉さんには婚約者がいるという噂があったんですけどね。これまでツーショットこそ撮られてませんが、大企業の御曹司がお相手だという情報を手に入れてたんですが』

そこに、芸能レポーターがゴシップに打ってつけのネタを差し込んだ。

『ええ、そうですね。今年中に入籍だと書いてる雑誌も見かけました。でも、このカメラマンの男性というのは、その御曹司の方とは別ですよね？』

楽しげに盛り上がるコメンテーターたちに反し、父がわなわなと震えている。

「ど、どういうことだ……」

父の声音は動揺に塗れ、テーブルに置こうとしたコーヒーカップがフローリングに落下し、ガシャンッと大きな音が響いた。

「依茉はなにか聞いてたのか⁉」

怖いくらい必死の形相の父に、慌てて首を横に振る。

「なにも……。私はただ、【テレビを観て】ってメッセージをもらっただけで……最近は電話もしてなかったし……」

多忙な姉は、いつも私のことを気にかけてくれていた。

海外に行けば必ずお土産を買ってきてくれ、定期的に電話もくれている。

ところが、この一か月ほどはたまにメッセージのやり取りをするくらいだった。

私は姉が忙しいだけだと思っていたし、こういうことは今までにもあったから疑問に思いもしなかった。

それに、以前は付き合っている人がいたようだけれど、宝生家との縁談が纏まってからは恋人がいるとも聞いたことがない。

「カメラマンということはあの男か……。いや、でもあいつとは見合いの前に別れさせたはずだ！　それなのに、いったいどういうことだ！」

一方、父は姉の夫となった男性に心当たりがあるようだった。

けれど、そのことを尋ねる暇もないままに、父のスマホの着信音が鳴り響いた。

「っ……宝生さんだ！」

ディスプレイを見た父は顔面蒼白で、それでも急いで対応した。

「も、もしもし……。はい、はい、いえ……それが、私にもなにがなんだか……。いいえ、そのようなことは決して……！　私も初耳でして……！」

どうやら電話の相手は尊さんではなく、彼のお父様のようだ。

父は、顔も見えない相手に何度も頭を下げている。

母の表情は不安一色で、父の顔色は悪くなるばかりだった。

両親がそんな風になるのも無理はない。

私の家——つまり東雲家は華族の出ではあるけれど、それは過去の栄光。

父が祖父から受け継いだ貿易会社——『東雲貿易《しののめぼうえき》』は、数年前から経営があまり芳《かんば》しくないみたいだった。

そんなとき、宝生家から尊さんと姉の縁談が持ち上がったのだ。

モデルをしている姉の人気は、今や国内だけにとどまらない。

アジア人というだけで厳しい環境なのに、それを物ともせずにパリやミラノで開催されているコレクションに複数回出演した経験があり、海外の一流ブランドの専属モデルも務めている。

その人気ぶりに目をつけた宝生家が、尊さんと姉の結婚と宝生グループと東雲貿易の資本提携を条件に東雲家への援助を提示し、父はその話に飛びついた――というわけだ。

当時、姉は父に反発していたものの、結局は婚約に至った。

父にとって、姉は東雲家と会社の頼みの綱。

なんとしてでも、尊さんとの結婚を破談にするわけにはいかない。

それなのに、姉が他の男性と結婚したなんて……。

私にもなにがどうなるのかわからなかったけれど、当人たちだけの問題では収まらないことはわかっていた。

「は、はい……。ええ、はい……。えっ？　優茉が!?」

今にも意識を失いそうな顔色の父が、目を真ん丸にする。

父の話ぶりとスマホからときおり漏れる声を聞くに、姉がワイドショーが始まる直前に尊さんに連絡を入れていたようだった。

程なくして電話を切った父が、憔悴《しょうすい》し切った様子でソファに身を沈めた。

「今夜、宝生家との話し合いの場が設けられることになった……。尊さんと優茉も来るそうだ。お前たちも同行してくれ……」

母もすっかり真っ青な顔で、力なく俯いている。

穏やかな土曜日の朝が一転、私たちは言いようのない不安と動揺に包まれた——。


時刻は二十時。

宝生の本邸のリビングには、尊さんのご両親と尊さん、そして両親と私が揃った。

執事長だという男性にここに案内されたばかりの私は、怒りで満ちているであろう尊さんたちに謝罪をした父とともに頭を深く下げる。

尊さんのお父様は「話は優茉さんが来てから始めましょう」とだけ言い、私たちは尊さんに促されるがままソファに腰を下ろした。

「久しぶりだね、依茉ちゃん」

彼に笑顔を向けられても、どんな顔をすればいいのかわからない。

曖昧《あいまい》に頷いて会釈することしかできなくて、ただただ罪悪感でいっぱいだった。

この二年間、尊さんは姉だけじゃなく、私にもとても優しくしてくれた。

海外出張の際にはお土産をくれたり、彼が社長を務めている宝生堂の新商品をプレゼントしてくれたり。

それも、一人暮らしをしている姉に預けるのではなく、毎回必ず尊さん自身が家まで持ってきてくれていた。

しかも、両親への手土産も忘れずに。

出会った頃には『依茉さん』だった呼び方は、いつしか『依茉ちゃん』になり、私自身も少しずつ彼との会話を楽しめるようになっていった。

両親は、言うまでもなく尊さんを気に入っている。

姉からは不満のひとつも聞いたことがなかったし、すべてが順調だと思っていた。

今朝までは……。

彼はいったいどう思っているのだろう。

きっと傷ついているか怒っているに違いないのに、なぜかやけに落ち着いているように見えて……。不穏な空気の中、尊さんだけが平素の様子だった。

「失礼いたします。優茉さんと三輪《みわ》さんという方がいらっしゃいました」

静寂の中でノック音が聞こえ、尊さんのお父様が返事をするとさきほどの執事長が入ってきた。

続いて、姉とともにスーツを着た男性が姿を現した。

この場にいた全員が、彼が姉の夫になった人だと察したに違いない。

それぞれが不満や不安を浮かべた顔をしている。

尊さんだけは、男性と視線を交わしたようにも見えた。

「遅くなって申し訳ありません。こちら、三輪侑吾《ゆうご》さんです。本日、彼と入籍いたしました」

「はじめまして、三輪と申します。ご報告をせずに話を進めてしまい、大変申し訳ありません。ですが、優茉さんとふたりで責任を取る覚悟はできています」

姉と侑吾さんは、尊さんのご両親を見つめながらその場に膝をつき、頭を深々と下げた。

突然の土下座に、一同が騒然とする。

「このたびは、勝手なことをして申し訳ありません」

ただ、姉の声音は落ち着いていて、迷いがないことを語っているようだった。

「しっかり説明してもらおうか」

尊さんのお父様は、怒りを滲ませつつも淡々と返している。

「侑吾さんとは私がモデルになった頃に出会い、五年ほど前から交際していました。宝生家との縁談の際に父から別れるように言われて一度は諦めようと思いましたが、私はどうしても彼以外の男性と人生を歩む気にはなれませんでした」

きっぱりと言い切った姉は、覚悟を決めているのがわかる。

「そんな言い分が通ると思っているのか？」

「そうだぞ、優茉！　これまで宝生さんにはどれだけの援助をしていただいたか、お前もだいたいの見当くらいはつくだろう！　そのご恩を――」

「私はもう、家のために利用されるのはまっぴらです。お父さんの思い通りに動く人形になるつもりもないわ」

尊さんのお父様と父の言葉にも揺るがない姉が、バッグから封筒を取り出す。

「ここに、これまで援助していただいた金額と同額程度が書いてあると思います」

中身は恐らく小切手か、それに代わるもの。

尊さんのお父様は手を出さなかったけれど、姉はそれをわかっていたかのように封筒をローテーブルに置いた。

「足りない分や慰謝料はすぐにはご用意できませんが、一生をかけてでもお支払いします。ただ、私はもう東雲家とは縁を切るつもりです。家への援助もやめます」

姉は家族である私たちにも本音を隠した上で、すべてを決めていたのだと悟る。

しかも、私は姉が家を援助しているなんて初耳だった。

なにも知らずにのうのうと過ごし、可愛がってくれる姉に甘えていただけだった自分が、急激に情けなく思えてくる。

姉の援助や結婚という形で未来を奪う両親に、内情を知らないのんきな妹。そんな家族に相談なんてするはずがない。

「東雲さん！　これはお金の問題じゃない！　うちとそちらの信用問題に関わることですよ！　どう責任を取るつもりですか！」

「おっしゃる通りです……。本当に謝罪の言葉もございません……」

「お宅の娘はいったいどういう神経をしているんだ！　婚約者がいながら別の男と結婚など、言語道断だ！」

「は、はい……。誠にその通りです。私が至らないばかりにこのようなことに……」

「もういい！　こんなことになった以上、今後一切そちらへの援助はしない！　今のお宅にはなんの価値もないんですから」

怒りを隠さないままに鼻で笑った尊さんのお父様は、東雲家の行く末を見通しているのだろう。

その表情から、うちはもうダメなんだ……と感じた。

「ま、待ってください！　うちには多くの社員が……」

「そんなことはそちらの事情でしょう。経営が上手くいってないのはあなた自身の責任で、約束を反故《ほご》にしたのだってお宅の方だ。こちらの知ったことではない」

「そんな……」

呆然とする父が、縋《すが》るように姉を見る。

けれど、父に向けられた姉の目は、これまでに見たことがないくらい冷ややかなものだった。

「で、でしたら、依茉を尊さんの結婚相手にしていただけませんか⁉」

「えっ……？」

突拍子もない案に声を漏らした私と同様に、尊さんのご両親も唖然《あぜん》としていた。

青ざめているだけだった母も、さすがにありえないと感じたのかもしれない。目を真ん丸にしていたけれど、父だけは真剣のようだった。

「なにをバカなことを。もともと、宝生グループとして欲しかったのは〝人気モデルの優茉〟であって、東雲家との縁ではない。メディアに顔出ししている尊と優茉さんが並べば、うちもイメージアップと莫大《ばくだい》な利益が見込めるはずだったからだ」

「それは……」

「だが、一般人の妹さんではなにも期待できない。しかも、妹さんの方は特に秀でた才もなさそうだというのに、優茉さんの代わりにする価値があるとでも？」

ハッと笑い飛ばした尊さんのお父様に、父が言葉を失くす。

ひどい言われようだと思わなかったわけじゃないけれど、それは事実だ。

私は姉と違って一般人だし、突出したような才能はなにもない。

お稽古事はたくさんさせてもらったものの、どれも趣味の域を出ないものばかり。

いくらなんでも、父の提案は無謀すぎる。

きっと、誰もがそう思っていた。

「いや、悪くない。そうしましょう」

笑顔でそんなことを口にした、尊さん以外は……。

さきほどよりもずっと驚愕《きょうがく》した私は、今度こそ声も出せなかった。

「もっとも、依茉さんの意見もお聞きした上で……となりますが」

全員の視線が私に向けられる。

目の前にいる尊さんの意図が、まったくわからない。

私が姉の代わりになれるはずはないし、彼にはなんのメリットもないはず。

だから、尊さんが微《かす》かに笑みを浮かべたように見えたのは、気のせいに違いない。

みんなが私の言葉を待っているのがわかったけれど、私が紡げる答えは考えるまでもなくひとつしかない。

尊さんや父の考えがどうであれ、尊さんのお父様が認めるはずがないのは明白だ。

「依茉ちゃん」

そんな私の気持ちを見透かすように、彼がいつものように私を呼び、瞳を緩める。

「依茉ちゃんの素直な気持ちを教えてほしい」

（素直な気持ち……？）

母と姉は心配そうで、父は望みを託すような目をしている。父の顔つきは、さきほど姉に縋っていたときのものと同じだった。

尊さんの意図だけはさっぱりわからないままだけれど、家族と尊さんのご両親の思いなら私が察している通りに違いない。

それなのに、私の中にあった答えが静かに変わっていくのを感じた。

尊さんの言葉と、彼に初めて出会ったときに密《ひそ》かに抱いた感情。

そのふたつが、私の背中をそっと押す。

「尊さんと結婚させてください」

震えそうな声だったのに、一言一句しっかりと紡いでいた。

尊さんが唇の端を片方だけ持ち上げ、小さく頷く。

まるで、私のためらいも不安も和らげてくれるようだった。

「バカなことを！　そんなこと、許すはずがないだろう！」

ところが、それを壊すような怒号が飛んでくる。

反射的に顔と体を強張《こわば》らせた私を見て、彼が眉をひそめた。

「父さん、そんなに大声を出さないでくれ。依茉さんが委縮してる」

「尊、お前もだ！　なにを血迷っている！」

「血迷ってなんかいない。俺なりの考えがあって提案してるよ」

「だったらなおさらだ！　頭を冷やせ」

「冷静じゃないのは父さんだろ。俺はずっと落ち着いてるよ」

突然始まった親子喧嘩《げんか》に、誰も口を挟めるような状況じゃなかった。

ただ、ここにいる人たちの中で最も冷静だったのは、恐らく尊さんだ。

被害者でありながら始終落ち着いていた彼の言葉には、大きな説得力があった。

「とにかく話にならん！　私は許さないからな！」

言い終わるよりも早く、尊さんのお父様が立ち上がる。

それを追うように腰を上げたお母様とふたりで、部屋から出ていってしまった。

「今日はここまでですね。お帰りいただく前にご両親に少しお話があります。依茉さんはうちの者に送らせます」

「いえ、依茉のことは私たちが送ります」

「わかりました。依茉さんにとってもその方がいいでしょう」

姉の言葉に尊さんが頷き、私は戸惑いながらもふたりを交互に見る。

「依茉ちゃん、近いうちに改めて連絡するよ。今後のことはそのときに」

「はい……」

ただ、彼の方は私をこの場にとどめてくれる気はないみたいだった。

頭を下げた私に、尊さんが「おやすみ」と微笑んでくれる。

そんな些細《ささい》なことに弾んだ胸の奥を隠し、姉たちとともに宝生の本邸を後にした。

「依茉、本当にいいの？」

侑吾さんの車に乗せられると、一緒に後部座席に座った姉が即座に切り出した。

「尊さんと結婚するってことは、彼のご両親や宝生家との繋《つな》がりを深く持たなければいけないのよ。それって、あなたが考えるよりもずっと大変なことばかりだし、なによりも並大抵のことでは認めてもらえないと思うわ」

この二年、姉は表向きは尊さんの婚約者として、宝生家と深く付き合ってきた。

厳しい環境でモデルとして歩んできた姉がそんな風に言うくらい、様々な苦労があったのだろう。

それでも、私の心は決まっていた。

「うん……」

不安がないと言えば、もちろん嘘になる。

父の提案はあまりに突飛で、尊さんのお父様の態度は当然のもの。すんなりと受け入れた尊さんの言動の方が、普通ではありえないと思う。

私だって、自分にこんな役目が回ってくるなんて考えたこともなかったし、まだどこか現実味がない。

「どんなに大変でも頑張りたい」

けれど、不思議と迷いはなかった。

きっぱりと言い切った私に、切れ長の二重瞼の瞳が大きく見開かれる。

エキゾチックさが滲む美しい顔には、驚嘆のような感情が浮かんでいた。

「……そう。依茉の意志が固いならいいわ」

私の決意を悟るように、姉が微笑を零す。そのあとで眉を下げた。

「そもそも、私が言えたことじゃないものね。元はと言えば、私が正式に婚約破棄もせずに勝手に結婚したせいだもの。依茉にとっては、とんだとばっちりよね。わがままな姉でごめんね。それから、侑吾との結婚の件を黙ってたことも……」

「そんなことっ……！　私だって、お姉ちゃんに大切な人がいたことも、お姉ちゃんがずっと家を援助してたことも知らなかった！　私の方こそ、ごめんなさい……」

「どうして依茉が謝るのよ」

「だって……」

「お父さんたちに援助の件を依茉に伏せるように言ったのは、私なのよ。依茉には家のことなんて気にせずに、自由に生きてほしかったから」

「お姉ちゃん……」

「でも、結局はあなたも巻き込んでしまったわね」

姉が不安げに瞳を伏せ、明るいブラウンの髪を耳にかける。

腰まで伸びているサラサラのストレートヘアは、昔からずっと憧れだった。

「違うよ、お姉ちゃん。私が自分で決めたの」

今はまだ、心の奥底に隠したままだった本心は言えない。

それでも、姉のせいじゃないことだけはわかっていてほしい。

「だから、そんな顔しないで」

私の気持ちが伝わったのか、姉は優しい笑みを浮かべた。

「お姉ちゃんこそ大丈夫なの？　慰謝料も払うことになるかもしれないんだよね？」

「心配しないで。そのために独立したのよ」

「えっ……そうだったの？」

「ええ。今までは事務所に入ってた分の報酬も自分のものになるから、きっとなんとかなるわ。さっきも話した通り、私はもう東雲家とは縁を切るつもりよ。でも、依茉のことはこれからもずっと可愛い妹だと思ってるから、いつでも頼ってね」

揺るぎのない双眸を向けてくる姉に、私は「ありがとう」としか言えなかった。

これまでの姉の環境や気持ちを思えば、家との縁を切ることを止めるのは身勝手だと感じたから。

侑吾さんとはあまり言葉を交わさなかったけれど、「優茉のことを大事にします」と言ってくれ、少しだけホッとできた。

自宅の前に着くと、姉は新しい名刺をくれた。

『Office《オフィス》 Y《ワイ》』と記された社名は、ふたりのイニシャルからつけたのだとか。

そう話す姉と彼は、とても幸せそうだった。

二　戸惑いだらけの新婚生活

初夏の香りが漂いそうな気候だった、四月下旬の吉日。

尊さんと私は、ひとまず籍を入れた。

宝生家との話し合いから、約一か月。

お義父様の許可を得られないまま入籍する運びになり、尊さんの祖父母やご両親とは会うことすら叶っていない。

もちろん、宝生家の怒りは収まらず、父も面会すらさせてもらえていなかった。

宝生グループの筆頭株主や重役の中には、尊さんと姉の結婚を待ち望んでいた人が多いらしい。

今回の破談は、そういった面でも痛手だったに違いない。

ふたりの婚約は公にされていたわけじゃないけれど、内々には周知されていた。

宝生や彼の面子を潰された……と考える人も少なくはないはず。

そのため、そういった人たちの落胆や怒りを買ったのも想像できる。

本来なら、来年には結婚式を盛大に挙げる予定で招待客のリストを作っているところだったと聞いていたし、みんな心待ちにしていたのだろう。

それが一転、白紙よりも最悪な状況になったのだ。

宝生家の怒りは当然だった。

そんな中でも、尊さんと私の結婚の準備は着々と進み、今日を迎えた。

宝生家からの許しはもらえず、彼はご両親に報告しないまま入籍したため、このあとに報告に行くのだとか。

私の同行は断られていて、尊さんがひとりで出向くことになっている。

お義父様に言われた通り、モデルですらないどころか一般人の私は、宝生家にとってはなんの価値もない。

私がいても足手纏いなのは明白で、彼の判断はきっと正しかった。

そして、宝生グループから東雲家への援助はあの日を境に打ち切られ、代わりに尊さんが個人的に援助してくれるようになった。

怒涛の展開に私の心は追いつかなくて、冷静かつスムーズに事を進めていく彼に戸惑うばかり。

そうしているうちに、まるで流れに身を任せるように今日を迎えてしまった。

「バスルームと洗面所はここだ。棚の空いてるところは好きに使って構わない。それと、君の部屋はこっちだ」

不安な状況は変わらないままだったけれど、私は今日から尊さんのマンションで同居することになり、区役所に寄ってからここに連れてこられた。

「クローゼットもあるが、あっちのウォークインクローゼットも半分以上空いてるから好きにしてくれ。俺の書斎と寝室以外では、自由に過ごしてくれていい」

四階建ての低層階マンションの最上階には、尊さんしか住んでいないのだとか。

エレベーターを降りた目の前が玄関だった。

間取りは３ＬＤＫ。

私に与えられたのは、空き部屋になっていた場所のようだ。

バスルームを含めた一室ずつが広々としていて、中でもリビングは三十帖くらいあるんじゃないかと思った。

「俺は料理はほとんどしないから、キッチンは君の自由にしてくれていい。欲しいものがあれば、適当に買ってくれて構わない」

最初に案内されたリビングに戻ると、ダイニングテーブルに促された。

私の対面に座った彼が、カードキーとクレジットカードを差し出す。

「クリーニング、デリバリー、タクシー、宅配を含め、室内のトラブルもコンシェルジュに言えばほとんどのことは対応してくれる」

尊さんは、ただ淡々と必要事項だけを述べていく。

「恐らく不自由はしないと思うが、なにかあれば遠慮なく俺やコンシェルジュに言ってくれ」

「はい。ありがとうございます」

コンシェルジュとは、タブレットと内線でやり取りができるということだった。

タブレットは、カウンターキッチンのところに置かれている。

「ここまででわからないことは？」

そう訊かれて首を横に振りかけたところで、ハッとする。

「私はこれからどんな風にすればいいですか？　その……妻としての振る舞いというか、どう過ごせば……」

おずおずと尋ねた私は、彼の希望で仕事を辞めている。

宝生家との関係性の方が重要な父は、早々に私の退職処理を進めた。

もともと、家業を手伝っていただけ。

それも、重要な仕事なんて任されていない。

私がいなくなっても会社は困らないけれど、父にとって尊さんとの結婚がなくなることだけはどうしても避けたい。

そんな父は、私の意見を聞くこともなく彼の条件に頷いた。

一方の私は、この一か月で尊さんとの距離が以前よりも遠くなったことを痛感していた。

今日まで、彼からの連絡は必要事項だけ。

『依茉ちゃん』だった呼び方は、『依茉さん』からさらに遠ざかって『君』になってしまい、口調もどこか余所余所しい。

食事は二回だけ共にしたけれど、笑顔を向けられることもほとんどなくなった。

とても親しかったわけじゃないものの、それなりに良好な関係だったと思う。

それなのに、この二年間で縮んだはずの距離は一切なかったことにされたかのようだった。

今の私たちの間には、見えない大きな壁が確かに存在している。

あの日、私を身代わりにしようとした父に賛同してくれたときは、尊さんはまだ優しい笑みを浮かべていたはずだったのに……。

最後に彼の笑顔を見たのはいつだったのかも思い出せない。

そういった経緯から、私はどう振る舞えばいいのかわからなくなっていた。

「ひとまず、君は俺の妻として必要なときだけ一緒にいてくれさえすればいい」

「えっと、それはどういう……」

答えを噛み砕けない私に、尊さんはなおも淡々と告げる。

「いわゆる仮面夫婦だと思って構わない」

「仮面夫婦……ですか？」

ドラマや漫画以外では聞いたことがなかった言葉に、動揺してしまう。

反して、彼は表情すら変えずに頷いた。

「ああ、そうだ。だが、しばらくはパーティーなどもないから好きにしてくれ。家事は外注でもして、自由に過ごせばいい」

わかりやすく説明されたことで、私の戸惑いがもっと大きくなる。

東雲家が華族の出とはいっても、没落寸前の実家に価値があるとは思えない。

その上、『仮面夫婦』とまで言われたことで、尊さんが結婚相手に私を選んだ理由がますますわからなくなった。

「あの……ですが、それだと尊さんは私と結婚した意味がありませんよね……？」

仮面夫婦と言われたことは一旦置いておいて、これまでずっと尋ねられなかったことに触れる。

「今はまだ知らなくていい」

籍を入れれば教えてくれると思っていたのに、彼はきっぱりとNOを突きつけた。

「ただ、君が不自由しないように努力するし、夫として君を必ず守る」

これが普通の結婚なら、きっと嬉しくなるようなセリフなんだろう。

けれど、仮面夫婦と言われた今、到底喜べるものじゃなかった。

それなのに、胸の奥が勝手に高鳴ってしまう。

単純でバカみたいだと思いながらも、尊さんが紡いでくれた言葉だというだけでドキドキさせられた。

「君も知ってると思うが、この結婚は俺が押し切ったもので反対意見も多い。特に、父はその筆頭だ。これから報告に行くが、怒り狂うのも目に見えてる」

そんな私を余所に、彼の顔つきは険しくなった。

「だから、まずは反対派を黙らせるまで、君はあまり勝手な行動をしないでくれ」

そう言われて初めて、尊さんが私に仕事を辞めさせた理由がわかった。

きっと、私が彼の目の届くところにいるようにするため……だ。

そして、尊さんにとってこの結婚は仕事のためなんだ、ということも。

（私は、やっぱりそのための妻なんだ……）

さきほど高鳴った胸が、チクチクと痛み出した。

同時に、宝生家での話し合いの夜に尊さんに向けられた笑顔を思い出す。

あの表情に一瞬でも夢を見た自分の浅はかさに、泣きたくなった。

この結婚に夢なんて持ってはいけないと、心のどこかではわかっていたはずだったのに……。

「まあ、どうせ子どもができたら自由にできる時間はほとんどなくなるんだ。今のうちに自由を謳歌《おうか》すればいい」

「えっ？」

突然出てきた『子ども』という言葉に、きょとんとしてしまった。

思えば、それは当然のこと。

けれど、今日まで目まぐるしかったせいで、そんなことまで考えていなかった。

(子どもってことは……尊さんと私の……)

頭の中で呟いた直後、頬が熱くなっていった。

つまり、〝そういうこと〟だ。

恋愛経験がなくても、どういう意味かは理解できる。

コウノトリが赤ちゃんを運んできてくれないことも、さすがに知っている。

頬に帯びていた熱はあっという間に満面に広がり、鏡を見なくても真っ赤になってしまっているのがわかった。

「えっと……そうですよね……」

震える声では、羞恥も動揺も隠せていない。

そんな私を見ていた尊さんは、意表を突かれたように目を見開いていた。

「あの……尊さん？」

呼びかけると、彼がハッとしたように表情を引き締める。

「そういうことだから、心づもりをしておいてくれ」

「は、はい……」

「あと三十分もすれば君の荷物が届くから、それを見届けたあとで俺は本邸に行ってくる。荷解《にほど》きは業者が手伝ってくれるから、なんでも言うといい」

尊さんはそう言い置くと、私の返事も聞かずにリビングから出ていった。

書斎か寝室に行ったであろうことは、物音でなんとなく察した。

「子ども……」

思わず下腹部に触れると、全身が熱くなった気がしたけれど……。

（あ、そっか……）

そこで、はたと気づく。

彼が私と結婚した目的は仕事のためで、その中には子どもを作ることも入っていたのだ。

跡取りを設ければ、東雲家との縁は確固たるものになる。

姉は家と縁を切るとは言ったけれど、あの夜に私を送っていくと申し出たところを見れば、私と縁を切る気がないのはわかるだろう。

私自身も、姉が私と繋がったままでいてくれていることは、尊さんに伝えていた。

一般人でなんの取り得もない、私。

事務所を独立して家とも縁を切った、姉。

けれど、〝人気モデルの優茉の妹〟という事実は変わらない。

尊さんは、そこに価値を見出《みいだ》したんじゃないだろうか。

私と結婚して彼との子どもができれば、姉はきっと邪険にはしない。

私と同様に、私の子どもも可愛がってくれる。

曲がりなりにも二年間も婚約者として過ごしてきたのなら、姉が私を可愛がってくれていることも知っているはず。

宝生グループにとっては、モデルの優茉を無条件に独占できる機会を失い、目論見《もくろみ》が外れた。

必然的に、代わりとなるものが欲しいに違いない。

その上、尊さんは経済雑誌などを中心にメディアにも出ている人だ。

婚約者が違う男性と結婚したなんて、ゴシップの格好の餌食になる。

なによりも、外聞だって悪いに違いない。

それを回避するために、私と結婚して〝彼が振られた〟といったマイナスイメージをつけないようにする……という狙いもあるんじゃないだろうか。

婚約者だった姉の代わりに妹である私と結婚したとなれば、宝生と東雲の関係が悪くなったとは思われないだろう。

尊さんに対する世間のイメージも、どうにか守れるはず。

彼のイメージが宝生グループのイメージに直結することは、私にだってわかる。

そこまで考えたとき、私の眉間には皺が寄っていた。

「そりゃあ、そうだよね。お姉ちゃんの身代わりになれるわけがないんだから、尊さんにとって大きなメリットがないと……」

あのわずかな時間でここまで考えていたのなら、尊さんは相当な切れ者だ。

姉が家に援助をしていることすら知らなかったのんきな私では、彼の思考なんて理解できるはずがない。

どちらにしても、今さら後に引けないことはわかっている。

だから、せめて少しでも尊さんの役に立てるように頑張るしかなかった。

人間として未熟でも、姉のような価値はなくても、彼の妻として役に立ちたい。

不安も動揺も、まだ消せていないけれど……。この日、私の気持ちはどこかに置き去りにしたまま、それでも愛のない新婚生活が始まった――。

＊　＊　＊

入籍から一週間が経っても、私たちの距離が縮まることはなかった。

尊さんは毎朝早く出ていき、帰宅も当然のように遅い。

専業主婦である私は、せめて彼の見送りと出迎えはきちんとするようにしているけれど、『そういうことはしなくていい』と言われてしまった。

どうすればいいのかわからないままに、それでもできる限り顔を合わせたい。

そんな気持ちから見送りと出迎えだけは続けているものの、尊さんの表情が和らぐことは滅多《めった》になかった。

一緒に過ごす時間が少ないということは、必然的に会話だってほとんどない。

仕事を辞めた今はすることがないため、料理を含めた家事だけはこなしているけれど……。実際、それも不要だというのはわかっている。

週に二回ハウスキーパーが来ること。

朝はコーヒーだけで済ませ、基本的に昼はランチミーティングや外食、夜は会食が多いため、自宅で食事を摂るのは休日だけであること。

そういった日常生活のリズムみたいなものは、結婚する前に聞かされていた。

だからこそ、仕事を辞めることが勝手に決まっていたときは、いったいなにをすればいいのか……と戸惑った。

事実、私は今日も手持ち無沙汰で過ごしている。

今夜も、尊さんの帰宅は遅いようだった。

今日は日曜日で、時刻は二十二時前だというのに、まだ帰ってくる気配がない。

スーツを着ていたため、私用ではなく仕事なのだろう。

仕事は一応カレンダー通りだと聞いているけれど、もしかしたら結婚したことで余計な業務が増えているせいかもしれない。

少なくとも、私たちの結婚を反対している人たちに対して、彼がなにかしらの手を打とうとしていることはわかっている。

その内容が私に語られることはなくても、それくらいのことは察していた。

私に手伝えることがあるのなら、尊さんはなにか言うだろうけれど……。なにも言われないということは、入籍した日に告げられた『あまり勝手な行動をしないでくれ』というのを守らなければいけないという意味だ。

そんなわけで、私は今日も家の中で過ごし、読書で時間を潰して一日が終わった。

ローテーブルに小説を置き、彼から昨夜渡された週刊誌を手に取る。

数ページほど捲ると、何度も読み返した記事が出てきた。

《独占スクープ！　人気モデル優茉の元婚約者は宝生グループの御曹司！》

《ビジネス界のプリンスが極秘入籍した相手は、まさかの元婚約者・優茉の妹！》

《姉妹の嫉妬渦巻く三角関係か、孤高のプリンスが貫いた真実の愛か？》

昨日発売された雑誌には、世間が飛びつきそうな見出しに始まり、あることないことが書かれている。

冒頭は姉に対する批判、次いで尊さんへの同情。

そこからおもしろおかしくドロドロの三角関係が描かれ、けれど最後には《宝生尊の本命は優茉の妹だったのではないか》と締めくくられている。

まるで、どこかで見たような陳腐なストーリーに仕立て上げられていた。

（ここまで創作できるって、逆にすごいよね。尊さんとお姉ちゃんが婚約者だったことと私と結婚したこと以外、完全にフィクションじゃない。こういう記事って、これと同じように嘘も多いのかな……）

私も登場人物のひとりではあるけれど、自分のことだとは思えない。

きっと、脚色されすぎているせいだ。

特に、彼の本命が私だったのでは――というところは作り話にも程がある。

ただ、内容を読む限り、入籍の日に思い至った『私と結婚して〝彼が振られた〟というようなマイナスイメージをつけないようにする』というのは、あながち間違っていない気がした。

だって、悪く書かれているのは姉と侑吾さんで、尊さんと私は《真実の愛を貫いた》といった美談にされているのだから。

彼のイメージは、むしろよくなったんじゃないだろうか。

私に至っては、尊さんから『念のために見ておいた方がいいが、気にしなくていい』と言われて雑誌を渡されたものの、小説を読んでいるようで自分事だという実感すら湧かなかった。

（とはいえ、これのせいでしばらくは外出できないんだよね……）

彼いわく、マンションの周辺には記者がうろついているのだとか。

『しばらくは絶対にひとりで家から出ないようにしてくれ』と言いつけられた。

さすがに敷地内には入ってこないとは思うけれど、私の実家や宝生堂への問い合わせも殺到しているらしい。

宝生堂についてはメディア担当や法務部が対応していて、私の実家にも尊さんが専門の弁護士を手配してくれたと聞いている。

姉のことも心配だったものの、逆に連絡をくれた姉に心配されてしまった。

（とりあえず、お姉ちゃんは気にしてないみたいでよかった。『こんなの慣れっ子よ』って笑ってたし、やっぱり強いなぁ）

リビングのソファに横になり、小さなため息を漏らしてしまう。

（でも、私はしばらくどこにも行けないのかな……）

いくらアクティブな性格じゃないとはいえ、自由に出歩けないのは息苦しかった。

もともと、彼が言った『勝手な行動』がどこまでを指すのかを図りかね、外出はしていない。

そこへ、雑誌の記事のせいで外出ができなくなってしまったのだ。

別に行きたいところがあるわけじゃなくても、ずっと引きこもっているのは社会から隔離されたようで不安にもなってくる。

もちろん、ここにいれば不自由はしない。

デリバリーもクリーニングも頼めるし、食材だってネットスーパーがある。

最新家電が並ぶ家はどこもかしこも快適だし、昼間からゆったりと半身浴をしてもいいし、大きなテレビで観る映画は迫力がある。

地下には駐車場とともにジムが併設されていて、外に出なくても運動もできる。

マンションの敷地内には広いガーデンテラスがあり、記者の目に触れずに色とりどりの花を愛《め》でることもできるはずだ。

それでも、恵まれているはずの生活をどこか息苦しく感じてしまうのは、自分の存在価値がなくなっていく気がするからなのかもしれない。

（っていっても、なにをすればいいのかもわからないんだけどね……）

平日の食事の支度は、自分の分だけ。

毎朝必ず『夕食はどうしますか？』と訊く私に返ってくるのは、決まって『いらない』という答え。

掃除だって、ハウスキーパーが部屋中をピカピカに磨いていってくれる。

洗濯も、自分の分以外はさせてもらえない。

唯一、尊さんが朝に飲むコーヒーの準備だけは私の役目になったけれど、そんなものは数分で終わってしまう。

休日くらいは一緒に食事を摂れると思っていたのに、今のところ入籍した日にディナーに行った以降、それも叶っていない。

ずっと実家に住んでいた私は、ひとりで食事をすることがあまりなかった。

帰宅が遅くなる日は稀《まれ》だったし、仮に遅くなっても母がおしゃべりに付き合ってくれていた。

そんな生活から一転、同居しているのに相手とはあまり顔を合わせない日常を送ることになるなんて……。考えてもみなかったし、正直寂しくもある。

自分で作った食事を広いリビングでひとりで食べていると、無性に虚《むな》しくなるときもあって、ときどき私はなにをしているんだろう……と思ってしまう。

尊さんが用意してくれた結婚指輪は、形だけのもの。

入籍した日の夜に渡されたけれど、カードキーを差し出されたときと変わらない態度だった彼を見て、お礼すら言えなかった。

正直、記事については実感がないこともあって今のところ不安も芽生えていないけれど、こうして家にひとりでいることに関しては気が滅入《めい》りそうだった。

無意識のうちに何度目かわからないため息をついたとき、玄関の方で物音がした。

尊さんが帰ってきたようで、慌ててソファから起き上がって廊下に出る。

するとこちらに歩いてくる彼と目が合った。

「おかえりなさい。今日もお疲れ様でした」

なにもできないからこそ、せめて笑顔で出迎えたい。

そんな思いで笑みを向ける私に、尊さんが眉を小さく寄せる。

「まだ起きてたのか」

「あ、はい。尊さんがそろそろ帰ってくるんじゃないかと思って……」

「寝てて構わないと言っただろ。もっと遅くなる日もあるし、別に俺のことは気にしなくていい」

また突き放されて、笑顔が崩れそうになる。

なんとか堪えたつもりだったけれど、どうやら微妙な顔をしてしまったみたいだった。

彼が息を吐き、リビングに向かいながら「なにか困ったことは？」と話題を変えてくれた。

私はその背中を追って、笑みを浮かべたまま口を開く。

「いいえ、なにも。ここでの生活は快適ですから」

嘘を言ったわけじゃないのに、嘘をついたような気分になってしまう。

けれど、今の私には、尊さんに本音を零せなかった。

「そうか。ああ、そうだ。雑誌は読んだか？」

「はい。何度か読みました」

「……どう思った？　不安や恐怖心はないか？」

「えっと……正直、自分のことが書かれてるっていう実感が湧かなくて……。なので、不安とか感じるレベルにまで達してないというか……」

「それならいい。あんなものはどうせ好き勝手に書いてるだけだから、今後も気にするな。少しの間、外には出してあげられないが、できるだけ早く対処するから我慢してくれ」

「大丈夫です」

「悪いな。俺はシャワーを浴びたら寝るから、君も早く休め」

冷たいのか、優しいのか。よくわからないけれど、その言葉の裏に私への気遣いがあることはなんとなくわかる。

だから、本当は彼を待っていたかったのに、小さく笑って頷いた。

「わかりました。それじゃあ、今夜も先に休ませていただきます。おやすみなさい」

短く返ってきた「ああ」という声は、冷たくも優しくもなかった。

今はまだ、こんな会話しかできていない。

夫婦らしくも、家族らしくもない。

それでも、尊さんと結婚すると決めたのは私自身だから、少しずつでも彼との距離を縮められるように頑張りたかった。

私にできることは、今のところこれくらいしかないから……。

三　縮まらない距離

ゴールデンウィークも過ぎ、五月中旬。

入籍してから半月以上が経った。

尊さんの生活は、私がここに来てから一貫している。

早朝に仕事に行き、夜遅くに帰宅。

土日にも家で過ごしていたことはない。仕事はもちろん、宝生の本邸にも行っているようだった。

一方の私は、とりあえず家事をこなし、映画やドラマを観て過ごすことが多い。

主に、自分の分の食事の支度と洗濯、そしてハウスキーパーが来る日以外の掃除くらいだけれど、なにもしないよりはずっとよかった。

正直、このままでいいのか……と不安に駆られることも多い。

尊さんに相談しようと思っても、なにをどう伝えればいいのかわからない。

そもそも、毎日家にいる時間が短い彼に話を切り出すタイミングも見つけられずにいた。

懸念事項だった記者は、一週間もすればマンションの周辺には現れなくなった。

尊さんや姉は有名人でも、私は一般人だ。

最初こそSNSなどでも話題になっていたみたいだったものの、大きなニュースや芸能人のゴシップは次々と出てくるし、世間の興味は移ろいやすい。

姉だけは、相変わらず悪女のように書かれているけれど……。一般人の私のことはすぐに話題から消え、芸能人ではない彼のことも次第に触れられる機会が減っていったようだった。

もっとも、私はまだ外出の許可は下りていないのだけれど……。

今日も一通りの家事を終えて読みかけの小説を手に取ったとき、コンシェルジュから『お客様がいらっしゃってます』と連絡が入った。

どうやら尊さんの秘書――和泉清志《いずみきよし》さんが、なにかを取りにきたようだった。

コンシェルジュに「通してください」と告げ、慌てて鏡で身なりを確認する。

お茶を出した方がいいのかと考えたとき、インターホンが鳴り、ドアを開けた。

「突然申し訳ありません。わたくし、宝生社長の第一秘書の和泉と申します」

和泉さんのことは、尊さんから聞いている。けれど、会うのは初めてだった。

銀縁フレームのメガネに、切れ長の一重の目。

ビジネスショートの黒髪は清潔感があって、聞き取りやすい話し方からは仕事ができそうなイメージを受けた。

「はじめまして、依茉です」

頭を下げた和泉さんにつられるように、挨拶をして腰を折る。

まだ自分の家のように振る舞うことに慣れていなくて、少しだけ戸惑ってしまう。

それでも、スリッパを出して「どうぞ」と中に促し、尊さんの書斎に案内した。

「あの、もしよろしければお茶でも……」

「いいえ、お構いなく。このあとすぐに戻らなくてはいけませんので」

和泉さんは忙しいのだろう。

淡々と話しつつも頭を下げると、目的のものを手にして早々に書斎から出てきた。

その様子を見て、ここに来るのは初めてじゃないことを察する。

「ああ、失礼いたしました。社長のご用命で、何度かこちらにお伺いしたことがありまして。今後もそういったことがあるかもしれませんが、ご迷惑にならないようにいたしますのでどうかご容赦ください」

「迷惑だなんて、そんな……」

『夫がお世話になっております』なんて口にできるほど、私たちは夫婦として機能していない。

ただ、尊さんの第一秘書なら、彼からある程度の事情は聞いているはず。

そう思って、あえてそれ以上はなにも言わなかった。

和泉さんを玄関先まで見送り、丁重に頭を下げる。

顔を上げると、彼がなにかを考えるような表情を見せ、おもむろに口を開いた。

「ご結婚されてから、社長は一度も早くご帰宅されておりませんが、社長がお忙しいのは奥様を守るためでもあります」

「え……？」

深く考えるよりも早く、胸の奥が高鳴った。

だって、『奥様』なんて言われたのは初めて。

その上、『守るため』という尊さんの行動を教えてもらい、喜びを感じずにはいられなかった。

自然と頬が緩みかけ、けれどそこでハッとする。

（違う。きっと、そうじゃない……）

尊さんが動いているのは、私じゃなくて家や会社のため。

私を守ろうとしてくれているなんて素敵なことに思えるけれど、彼が守りたいのは宝生グループだ。

そのためには私たちの結婚を反対している人たちを納得させなければいけないし、私を守るのはそういう事情だから。

入籍した日に、尊さんの真意を思い知ったはずだった。

それなのに、和泉さんの言葉で一瞬でも浮かれてしまったことが恥ずかしい。

なによりも、尊さんに迷惑をかけていることでもあると気づき、姉なら彼の役に立てるのに……と不甲斐《ふがい》なさと申し訳なさでいっぱいになった。

どう返事をすればいいのかわからなくて、和泉さんには曖昧な笑みしか返せない。

すると、彼がなにかを察するように微笑を浮かべた。

「今夜は会食の予定はございません。ここ最近はずっとご多忙でしたので、早くお帰りいただけるようにスケジュールを調整しました。ですので、社長のご帰宅をお待ちいただけませんでしょうか」

尊さんからの言付けかと考えて、すぐに違うと気づく。

「これは私の希望ですが、奥様に出迎えていただければ社長はきっと喜びます」

和泉さんは自分の思いであることを前置きしつつ、私を気遣ってくれた。

尊さんが喜んでくれる姿なんて、ちっとも想像できないけれど……。彼の妻として、私ができる限りのことはしたい。

「わかりました。では、尊さんに『夕食の支度をして待ってます』とお伝えいただけますか?」

「承知いたしました。今夜は必ずいつもよりも早くご帰宅いただきます」

にっこりと笑いかけてくれた面持ちからは、人の好さが滲み出ていた。

「ありがとうございます」

私は微笑を浮かべ、彼を見送ったあとで冷蔵庫の中を確認した。


尊さんが帰ってきたのは、二十一時前だった。

決して早いとは言えないかもしれないけれど、彼がこんな時間に帰宅したのは初めてだ。

「おかえりなさい」

「ああ、ただいま」

「あの、夕食を用意してあるんです。もしよかったら、一緒に食べませんか?」

断られたら、少しだけ傷ついてしまうかもしれない。

そんな気持ちで緊張混じりに返事を待っていると、尊さんが短く頷いた。

く見開いた。

「和泉から聞いてる。せっかくだからいただくよ」

「はいっ……！」

笑顔も、喜んでいるような素振りも、やっぱりまったくない。

それでも嬉しくて思わず満面の笑みになると、彼が意表を突かれたように目を小さく見開いた。

「あの……尊さん？」

「……着替えてくる」

尊さんはハッとしたように無表情になると、それだけ言って寝室に入っていった。

（なんだろう？　私、なにか変なことを言っちゃった？）

考えてみたけれど、思い当たらない。

「あっ、ご飯……！　温め直さなきゃ！」

少しの間ぼんやりとしたあとで、私も我に返るようにキッチンに行った。

夕食のメニューには、随分と悩んだ。

ネットスーパーで買い物をしたばかりとあって、材料はある程度揃っていた。

けれど、尊さんの好物もわからなければ、苦手なものも知らない。

せめて和泉さんに確認しておけばよかった……なんて後悔を抱えつつ、自分のレパートリーの中で自信があるものを並べることにした。

メインは筑前煮で、汁物は野菜たっぷりのお味噌汁。

副菜は、きのこと生姜のあんかけ豆腐、自家製梅ドレッシングのサラダ、ほうれん草の胡麻和え。それから、だし巻き卵とパプリカの和風マリネ。

母に教わった通り、煮物も汁物も出汁《だし》をきちんと取った。

もちろん、栄養バランスもしっかり考えたつもりだ。

会食が多いのなら、お酒を飲む機会や重いメニューが続くこともあるだろう。

最近暑くなってきたため、疲労などで食欲が湧かない場合も見越して、口当たりのいいあんかけ豆腐もある。

梅ドレッシングもさっぱりしているから、きっと疲れていても食べやすいはず。

たとえ、どれか一品でもいい。尊さんが好みだと思ってくれるものがあることを願いながら、ひとつひとつ丁寧に作ったものだ。

それらを盛りつけたお皿をテーブルに並べた頃、彼がリビングに姿を見せた。

夕食を目にした尊さんは、すぐに私に視線を寄越した。

「これ、全部君が作ってくれたのか？」

「あ、はい。時間だけはありますので、つい気合いが入ってしまって……。でも、お口に合うかわからないので、苦手だったら残してください」

彼を気遣うようでありながら、たぶんそうじゃなかった。

無意識のうちに、自分が傷つかないための予防線を張っていたのだ。

そんな私を余所に、尊さんは「うまそうだな」と零した。

ただそれだけのことで、心が舞い上がってしまいそうだった。

ふたりで向かい合わせに座り、ほとんど同じタイミングで両手を合わせる。

そんな所作まで丁寧な彼が、小さな声で「いただきます」と言った。

まずは、お味噌汁。尊さんは一口啜《すす》ると、「うまいな」と目を丸くした。

彼の様子を見ていた私は、自然と出たような感想にわずかにホッとする。

次に筑前煮を一口、そのあとはあんかけ豆腐とだし巻き卵。そうして、一通りのおかずに箸がつけられていく。

尊さんは、一品ずつ食べるたびに「おいしい」や「うまい」と伝えてくれた。

「君は食べないのか？」

「え？　あっ、食べます……！」

緊張を隠せずにいた私に、彼が小さな苦笑を零す。

その表情は、まるで私の心情を察しているみたいだった。

会話が弾んだわけじゃない。

明るい雰囲気になれたわけでもない。

それでも、静かなリビングにふたり分の食事の音が鳴っていることが嬉しい。

尊さんが私が作ったものを食べてくれていることや、彼の口に合ったようだったことが、私の心をぽかぽかと温かくした。

時間にして、たぶん三十分ほど。

あっという間だったように感じたけれど、今はそれだけでも充分だと思えた。

「ごちそうさま。どれもおいしかった」

「よかったです」

両手を合わせた尊さんに、安堵交じりの笑顔を返す。

彼は少しの間悩むような素振りを見せたあと、控えめな様子で口を開いた。

「来週の金曜も、たぶん今夜と同じくらいの時間に帰れる」

そう言われて、どう捉えればいいのかためらった。

ただの報告なのか、それとも芽生えたばかりの期待を持ってもいいのか……。

わからなかったけれど、おずおずと尊さんを見つめる。

「じゃあ、あの……また夕食を用意して待っててもいいですか？」

「ああ」

即答だった。

短い返事だったけれど、期待が叶ったことが嬉しくてたまらなかった。

「あの、尊さんの好きなものを教えてください。リクエストとかありませんか？　難しいものじゃなければ作れると思います」

週末になると、いつも母とキッチンに立っていた。

大学時代には、花嫁修業と称して料理教室にも通わされた。

もともと料理は好きだったこともあって、和洋中と基本的なものは作れる。

せっかくなら、彼が食べたいものを用意したかった。

「じゃあ、ハンバーグ」

「え？　ハンバーグですか？」

予想外のリクエストに、思わず訊き返してしまう。

「無理なら別に――」

「いえ、作れます！」

食い気味に大きく頷いて、笑みを浮かべる。

「デミグラスか、和風か……オニオンソースやトマトソースもできますけど、どれがいいですか？」

「デミグラスだな。あと……」

「はい？」

「中にチーズを入れられるか？」

さきほどよりもずっと予想外のメニューに、思わず目を瞬いた。

そのあとで、尊さんからは想像できない可愛い希望にクスッと笑ってしまう。

できなくても、彼のリクエストなら全力で応えたい。それは口にしなかったけれど、

「できますよ」と微笑んだ。

「そうか」

尊さんは無表情のようでいて、どこか少しだけ気まずそうにも見える。

私は彼の好みをひとつ知れたことも、リクエストしてもらえたことも、本当に嬉しくて笑みが零れていた。

＊＊＊

翌週の金曜日。

尊さんは、約束通り先週と同じくらいの時刻に帰宅してくれた。

相変わらず、彼と顔を合わせることは少ない。

会話も最低限だし、土日に一緒に過ごしたことは一度もない。

結婚前よりも尊さんの態度が余所余所しいのは明らかで、私の方も妻として彼とどう接すればいいのかわからなかった。

そんなわけで、私たちの距離は一向に縮まっていない。

先週、夕食を共にしたことで少しでも仲良くなれたかと思ったけれど、さすがにその考えは甘すぎたみたい。

それでも、今夜はまた一緒に食事が摂れる。

世間的に見ればきっと当たり前のようなことが、私にはとても嬉しかった。

「今日もおいしそうだな」

「ハンバーグ、お口に合えばいいんですけど」

尊さんのリクエスト通り、デミグラスソースがかかったハンバーグにはチーズをたっぷり入れている。

付け合わせは、バターコーンと人参のグラッセとブロッコリーにした。

汁物は、ベーコンと玉ねぎのコンソメスープ。あとは、生ハムのカルパッチョサラダも用意してみた。

ふたりでテーブルにつき、両手を揃える。

「いただきます」

声も重なって、なんだかほんの少しだけくすぐったいような気持ちになった。

彼は今夜も「おいしい」と褒めてくれ、私は自然と安堵のため息を零す。

食後は、珍しく尊さんもリビングで過ごしていた。

片付けをしてくれる気だった彼を『私がしますから』と制したところ、自室に行かずにリビングにとどまってくれたのだ。

きっと、深い意味はない。

タブレットに目を通す横顔をこっそり見ながら、自分自身にそう言い聞かせる。

けれど、勝手に頬が綻びそうになっていた。

（あ、そうだ。今なら話せるかな？）

食器をしまったあと、わずかな緊張を抱えながらソファの方へと足を向ける。

私に気づいた尊さんが、顔を上げてこちらを見た。

「どうした？」

「あの……少しいいですか？」

「ああ」

彼はタブレットをローテーブルに置くと、私をソファに促した。

少し悩んで、隣に腰を下ろさせてもらう。

一拍置いて、おずおずと切り出した。

「家事以外に私にできることはありませんか？　今もたいしたことはしてませんが、やっぱりなにもしないで家にいるだけというのは……」

気が引けるのも、時間を持て余しているのも、本当のこと。

ただ、それよりももっと気になるのは、尊さんの妻としてなにひとつ役に立てていないことだった。

「なにもないな。時間を持て余してるのなら、習い事でもすればいい。念のために今日まで様子を見ていたが、恐らく記者が君を追うことはないだろうし、君は色々習ってたそうじゃないか」

「それはそうなんですけど……」

習い事と言っても、花嫁修業と称して両親にさせられていただけ。

華道、茶道、書道、料理、箏曲《そうきょく》、マナー教室。

自分でやりたいと決めたことはひとつもなく、どれも趣味の域を出ない。

しかも、趣味かと言われれば、それほど好きなわけじゃないものもあった。

嫌いじゃないけれど、どうしても続けたいとも思っていない。

そんな気持ちを持っていたせいか、大学生になってからは華道と茶道以外はやめてしまった。

そして今は、習い事をするのも気が引けて。そのふたつすら通っていない。

「習い事が嫌なら、買い物でも構わない。必要ならいつでも外商を呼ぶ」

彼は、きっとよかれと思ってそんな風に言ってくれているだけ。

「いえ、あの……そうじゃないんです……」

けれど、私が求めているのはそんなことじゃない。

服や靴が欲しいわけじゃないし、ブランド物やジュエリーにも特別な興味はない。

今後、尊さんの妻として必要な装いはあるだろうけれど、なにかを買ってもらいたいなんて思っていない。

「だったら、習い事や買い物じゃなく、仕事をしてもいいですか？」

「仕事？」

彼の眉がピクリと動く。

ほんの少しだけ不服そうに見えて怯《ひる》んだものの、私の話を聞いてくれる気はあるようだった。

「はい。その……もう外出していいのなら、できれば仕事がしたくて……」

「どうして？」

当然の問いかけに、言葉に詰まった。

理由なら、私の中に明確なものがちゃんとある。

正直なところ、私はいつか離婚されるんじゃないかと思っている。

尊さんと宝生家が欲しかったのは、姉との婚姻関係。

私は姉の身代わりにもなれない代用品にしか過ぎず、跡取りができれば用済みだと切り捨てられることだって考えられる。

だからせめて、きちんと自分の足で立てるようになっておきたかった。

とはいえ、これまでの私は、実家が経営する東雲貿易に勤めていた。

バイトをしたことも、就活の経験も、それ以外の職歴もない。

そういった経緯から、今のうちにいつか彼と離婚することになっても自力で生きていけるように地盤を固めておきたいと思い始めたのだ。

「えっと……どうせなら、家とは関係のないところで働いてみたくて……」

ただ、そんなことを正直に口にできるはずもなくて、曖昧に笑ってごまかす。

尊さんは私の目を見たまま黙っていたけれど、程なくして首を縦に振った。

「わかった」

「いいんですか？」

「ああ。ただし、必要なときに俺に同行できるようにしておいてほしい。それが条件だ」

てっきり、取りつく島もなく却下されるかと思っていた。

ところが、彼は私の気持ちを尊重するようにもう一度頷いてくれた。

「ありがとうございます！」

ようやく一歩を踏み出せそうになったことが嬉しくて、思わず笑みが込み上げる。

すると、尊さんが一瞬目を丸くした。

そんな顔をされる理由がわからなくて、小首を傾げそうになる。

けれど、それよりも先に、彼の表情は普段通りのものに戻った。

「依茉」

直後、真剣な面持ちを向けられて、息を呑んだ。

久しぶりに名前を呼んでもらえた。

それも、結婚後は『君』としか呼んでもらえていなかったのに、初めて呼び捨てにされた。

その事実が鼓膜を優しくくすぐって、胸の奥を甘く締めつける。

そこに驚きも混じっていて、混乱しながらも頬が熱くなっていくのがわかった。

すると、なぜか尊さんまで戸惑ったように視線を逸らしたせいで、私たちの間にぎこちない空気が流れる。

「明日はどこかに出掛けようか」

「え……？　いいんですか？」

「ああ」

聞き間違いかと思って尋ねれば、そうじゃないと言うように大きく頷かれる。

戸惑いはあった。

緊張だってするに違いない。

そう思いながらも、とにかく嬉しくてたまらなかった。

四　大きな手

翌日、私は朝早くに目が覚めた。

昨夜は、自室で密かにファッションショーを繰り広げた。

尊さんに少しでも釣り合うようにしたい。

姉と並んでいるところを見たときは、本当に絵になっていた。

私では見劣りするのがわかっているからこそ、何度も着替えて散々悩んだ。

結局、服は無難な半袖のワンピースに、靴は履き慣れたパンプスにした。

本当は尊さんにプレゼントしてもらったパンプスを選びたかったけれど、今日はどこに行くのかもどれだけ歩くのかもわからない。

特にプランを聞いていなかったため、歩きやすいものの方がいいと思ったのだ。

万が一、足が痛くなって歩けなくなったら、彼に迷惑をかけてしまう。

それだけは避けたくて、ヒールの低い靴を履くことにした。

代わりに、ワンピースは滅多に着ない華やかなデザインのものを選んだ。

オフホワイトの生地の一面には、明るい小花がちりばめられている。五分丈の袖はフレア素材で、風を受けるとふわっとなびくところがお気に入りだ。

「お待たせしました」

カーディガンを手にしてリビングに顔を覗かせた私に、尊さんが視線を寄越す。

彼は持っていたタブレットを置き、立ち上がった。

「行こうか」

「はい」

まずは、ブランチを食べに行くと言われた。

そのあとのプランはなにも聞いていないけれど、私は尊さんと過ごせるのならなんだって構わない。

駐車場に下りると、彼がいつものように助手席のドアを開けた。

思えば、尊さんは必ずこうしてエスコートしてくれる。

彼の車に乗った回数は多くはないものの、自分でドアを開けたことはなかった。

「ありがとうございます」

外国産のSUVは、光沢のある黒の外装が洗練されている。

免許も持っていない私には車種はよくわからないけれど、尊さんの雰囲気に合っている気がした。

エンジンをかけた彼は、外資系ホテルの上階にあるフレンチレストランに連れて行ってくれた。

景観のいい窓際に通され、期間限定だというブランチセットを選んだ。

運ばれてきたプレートには、ベーコンと春野菜のキッシュをメインに、数種類の料理が並んでいた。

キャロットラペ、ポテトサラダ、キャベツのマリネ、ミニトマトとモッツァレラチーズのカプレーゼ。さらには、コーンポタージュとドリンクまでついている。

「ここ、よく来るんですか?」

「ディナーでは何度か来たことがあるが、ブランチは初めてだ」

そのディナーはいったい誰と……と訊きたくなったのを、グッと堪える。

尋ねてしまったら、胸が痛むかもしれないと思ったから。

「そうなんですね」

「好き嫌いはあまりないと聞いてたから、ゆっくり過ごせそうなところを選んだ」

初めて尊さんとふたりで食事をすることになったのは、宝生の本邸に両家が揃った日から数日後のこと。

そのとき、彼から好みを問われたことは記憶に新しい。

あれからもう一か月以上が経ったのに、まるで昨日のことのように覚えている。

「ありがとうございます」

周囲には人が少ない。恐らく、ランチやディナーを求めて来る人の方が多いからだろう。

小さな喧騒しか聞こえない静かな空間は、私の緊張を和らげてくれた。

キッシュは野菜の甘みが凝縮されていて、とてもおいしかった。

ポタージュはもちろん、どの料理も絶品としか言いようがない。

食後には一口サイズの焼き菓子まで用意されていて、つい頬が綻んでしまった。

「これも食べるといい」

「え？」

差し出されたのは、尊さんの分のマドレーヌが載った小皿だった。

「俺は甘いものが特別好きなわけじゃない。それなら、甘いものが好きな依茉が食べた方がいいだろ」

些細な優しさが、嬉しかった。

スイーツが好きだからとか、マドレーヌがおいしかったからとか、そんなことじゃなくて……。彼の思いやりに、喜びが込み上げてくる。

「じゃあ、いただきます」

断るのも失礼な気がして素直に受け取れば、尊さんが口元だけで微笑を浮かべた。

わずかな変化でも、彼の表情が和らいだことに胸の奥が高鳴ってしまう。

今日も今日とて、私たちの会話はちっとも弾んでいない。

私はやっぱりなにを話せばいいのかわからないし、尊さんも必要以上に話を振ってきたりはしなかった。

寂しいけれど、それでもこうしてふたりで外出できたことは変化にも思える。

それに、会社のために私と結婚した彼が、プライベートで私に時間を割いてくれるだけでありがたいことだ。

そもそも、これは政略結婚。

尊さんとは会話はほとんどないものの、邪険にされているわけじゃない。

挨拶はきちんとしてくれるし、私が話しかければ必ず手を止めて目を見てくれる。

家事はしなくていいと言われているけれど、家の中でなら私がなにをしていてもなにも言われない。

まだたった二回とはいえ、私が作った食事だって完食してくれた。

ただのお世辞かもしれないものの、彼は『おいしい』と言葉にしてくれた。

自由にできない不自由さはあっても、不自由のない生活をさせてもらっている。

子どもについてだって、最初にあんな風に言われたから密かにずっと身構えていたけれど……。あれからまったく触れられず、おかげでわずかな緊張を残しながらも居心地好く過ごさせてもらっている。

だいたい、尊さんと結婚していなければ、東雲家への援助はなくなっていた。

そうなれば、多くの社員が路頭に迷うことになったに違いない。

しかも、未だに宝生家には私たちの結婚を許してもらえていないため、その援助自体も彼個人がしてくれている。

私自身としても、東雲家の人間としても、尊さんには感謝しかない。

だから、会話がなくても、なかなか距離が縮まらなくても、妻として彼の役に立ちたいという気持ちがあった。

たとえ、尊さんの中に愛がなくても、せめてなにか恩返しがしたい。

姉のようにできなくても、彼に必要とされるようになりたかった。

ブランチのあとは、美術館に足を運んだ。

なんでも、フランスの『ルーブル美術館』に展示されている美術品が、期間限定でてもらったとき、静かに鑑賞できるのだとか。

ただ、芸術への造詣が深くない私には、さっぱり理解できなかった。

美術館に訪れている人たちは、様々な絵画に見入っている。

周囲では感想や見解を述べ合っている人もいて、私のようによくわからない顔をしているお客さんはいないように感じるほど。

ふと隣を見上げれば、尊さんも一枚の絵画をじっと見つめていた。

恋人同士であろう男女が、どこか幸せそうに身を寄せ合っている。

(尊さんはこういうのが好きなのかな?)

絵画を鑑賞する彼の横顔に、思わず見入ってしまう。

まるで精巧な美術品のような輪郭に、スッと通った鼻梁。綺麗な目すら作り物のようで、意志の強そうな眉も美しい。

一見すれば仏頂面なのに、そんな表情すらも美麗なのがずるいと思う。

ここにある絵画よりも崇高に見えるのは、恋心を抱えている欲目なのかもしれないけれど……。私は、美術品よりもずっと綺麗な尊さんのことの方が知りたかった。

私の気持ちなんて知る由もない彼は、それからも私の様子を気遣うようにしながら静かに鑑賞を続けていた。

一時間半ほど過ごしたあとは、美術館が経営しているカフェに入った。

「なにか甘いものでも食べるか？」

「いいんですか？」

つい食い気味に訊いてしまった私に、尊さんがふっと瞳を緩める。

柔和な表情を前に、鼓動が高鳴らないわけがない。

「なんでも頼むといい。ただ、七時にディナーの予約を入れてあるから、それまでにお腹《なか》が空《す》く程度にとどめておいてくれ」

しかも、彼は微笑んだままで、まるで私の心を惑わせてくるようだった。

けれど、こんなことでときめいていてはいけない。

きっと、尊さんに他意はないのだから……。

「大丈夫です。甘いものは別腹ですから」

一瞬芽生えた悲しみを押し込めるように、口角をグッと上げる。

「そうか」

彼はおかしそうに笑うと、「それなら好きなものを頼めばいい」と言ってくれた。

私はお礼を告げてから、ショートケーキとアイスティーを選んだ。

尊さんはコーヒーしか頼んでいなかったけれど、私が食べ終わるまで急かすこともなくゆったりと待ってくれていた。

「ディナーまでまだ時間があるから、映画でも観るか？　買い物やドライブでもいいが、依茉はなにがしたい？」

「なんでもいいんですか？」

「ああ」

「じゃあ、ここに来るまでに公園がありましたよね？　そこでお散歩しませんか？」

「散歩？　欲しいものとかないのか？」

「生活には不自由してませんし、必要なものは揃ってますから。尊さんが嫌じゃなければ、一緒に歩きたいです」

映画や買い物でもいい。

ただ、それよりも彼と少しでも向き合えることがしたかった。

映画を観たり買い物をしたりするよりも、一緒に歩いている方が少しでも会話ができるんじゃないかと思ったのだ。

尊さんは予想外だったのか、戸惑っているようにも見えた。

けれど、すぐに小さく頷いてくれた。

「依茉がそうしたいなら構わない。少し歩こう」

「はい」

美術館を出た私たちは、車で区が管理している公園に向かった。

東京ドームほどの大きな敷地を誇る園内には、新緑が広がっている。

花壇に所狭しと並ぶひまわりの茎が、空を目がけるように伸びていた。

「あ、わんちゃん！　可愛い！」

犬の散歩している人もたくさんいて、みんな様々な犬種を連れて歩いている。

「私、動物が好きで、ずっと飼いたかったんです。でも、両親に反対されて飼えませんでした……。尊さんは動物は好きですか？」

今日の私の目標は、彼とたくさん話すこと。

だから、わざと他愛《たあい》のない話を振ってみた。

「嫌いじゃない」

尊さんの口調は淡々としていたけれど、前を歩くトイプードルを目で追っている。

『嫌いじゃない』という答えとは裏腹に、実は好きなんじゃないかと思った。

「犬か、猫か？」

「え？」

通りがかったドッグランに目を奪われていると、彼がぽつりと零した。

「飼いたいのはどっちだ？　それとも、うさぎや鳥か？」

尊さんが話題を広げてくれたことが嬉しくて、うっかり頬が緩んでしまう。

「犬と猫です。友人の愛犬や愛猫に会わせてもらったことがあるんですけど、それぞれのよさがあるというか……。わんちゃんの甘えてくれるところも可愛いし、猫ちゃんの気まぐれな感じも可愛いと思いませんか？」

「俺はどちらかと言うと犬派だ。ペットは懐いてくれる方がいい」

意外な答えだった。

動物と戯れている彼の姿は想像できないけれど、満面の笑みでじゃれ合ったりするのだろうか。

叶うなら、いつか見てみたい。

「いずれ飼おうか」

「え？」

「依茉が欲しいなら、犬も猫も飼えばいい。相性の問題はあるだろうし、知識も必要だが、どちらも飼ってる人もいるんだから飼えないことはないだろ」

「いいんですか⁉」

思わず食い気味になった私に、尊さんが目を小さく見開く。

それから、彼が堪え切れないようにクッと笑った。

「いいよ。今は周囲に結婚を認めさせてこの生活を安定させることが最優先だが、依茉が望むならいずれ家族を増やそう」

尊さんの言葉も、彼が自然な笑顔を見せてくれたことも、とても嬉しかった。

こんな風に笑いかけてもらえたのは、結婚してから初めてだ。

好きな人とデートができて、将来の話ができて、笑顔を向けてもらえる。

いつか別れるときが来るかもしれなくても、今はこの夢のような状況に幸せを感じられた。

ふわふわと浮き立つ心につられて、足取りが軽くなる。

スキップしたくなるような気持ちでいると、不意に小さな段差に躓《つまず》いてしまった。

「きゃっ……！」

転びそうになった私に、大きな手が伸ばされる。

私の体は倒れることなく、尊さんによって難なく支えられた。

「す、すみません……！」

浮かれすぎて恥ずかしい。

こんな私を、彼はどう思っているのだろう。

「依茉は危なっかしいな」

不安が芽生えたとき、尊さんが私の右手を取った。

「え……？」

「放っておいたら、どこでも転びそうだから」

そう言った尊さんが顔を背けたから、逆光もあいまって表情がよくわからない。

ただ、彼の口調は存外優しくて、迷惑そうでも面倒くさそうでもないことは伝わってきた。

「もう少し歩くか。転びそうになっても俺が支えるから安心していい」

私を見て瞳を緩めた尊さんの顔つきは、どこか悪戯っぽい。

「も、もう転びません……」

緊張と動揺でいっぱいになった私は、そんな風にしか返せなかった。

大きくて骨ばった手に、男性らしさを感じる。

彼の体温が直接伝わってくることに、胸の奥がきゅうっ……と戦慄《わなな》く。

ドキドキと脈打つ心臓が、今にも飛び出してしまいそう。

胸が痛いくらいに苦しくて、それなのに嬉しくて。高鳴る鼓動は、私の素直な気持ちを表しているようだった。

このあと、尊さんはずっと私の手を離さなかった。

夜になっても甘やかな感覚が広がったままの胸がいっぱいで、せっかく彼が予約してくれていたディナーの味はちっともわからなかった。

＊　＊　＊

翌日は日曜日だというのに、尊さんは朝から仕事に行ってしまった。

見送りのときにはいつも通りで、まるで昨日のデートで手を繋いだのが嘘のようにまた彼との距離が戻ってしまった気がしたけれど……。夕方にかかってきた一本の電話で、落ち込んでいた私の心が一気に浮上した。

『予定よりも早くに仕事が終わりそうだから、夕食を一緒に食べないか』

「はい！　もちろんです！」

即答した私に、電話越しの尊さんがふっと笑った気がする。

「なにか作っておきましょうか？　簡単なものでよければ、準備できますけど」

彼と話しながら急いでキッチンに行き、冷蔵庫を開けて中を確認した。

『いや、外で食べよう。結婚してからはろくに外出もさせてあげられてないからな』

尊さんの気遣いが、できた時間を私に割いてくれようと思ってくれたことが、なによりも嬉しかった。

『リクエストがあれば言ってくれ』

「私はなんでもいいです。尊さんと一緒に食事ができるのなら、それが一番嬉しいですから」

「……そうか」

返事までに間があったけれど、彼は『店が決まったら連絡する』とだけ言って電話を切った。

私は通話を終えたスマホを見つめながら、頬が緩んでいくのを感じた。

けれど、すぐにハッとする。

（これって、仮面夫婦として上手くやっていくため……だったりするのかな？）

脳裏に過った悲しい想像に、胸の奥がチクリと痛む。

それが間違った推測じゃないと頭のどこかではわかっているから、高揚していた心が急降下していった。

「ううん、それでいいじゃない！　私はもともと身代わりだし、私の役目は尊さんに恩返しすることなんだから！」

自分自身に言い聞かせるように、きっぱりはっきりと口に出す。

虚しくなったことには気づかないふりをして、急いで身支度を整えた。

今日は昨日よりもシックなワンピースに、靴は尊さんがプレゼントしてくれたものを選ぶ。

準備ができたところで、時間と場所が書かれたメッセージが届いた。

【タクシーで来るように】とも書かれていたのは、きっと彼なりの気遣いだ。

それをわかっているから、コンシェルジュにタクシーの手配をお願いした。

待ち合わせ場所には、すでに尊さんが待っていた。

「遅くなってすみません」

「構わない。俺も今着いたところだ」

どこか柔らかい面持ちを前に、昨日よりも少しだけ距離が縮まった気がする。

そう思ったとき、彼がごく当たり前のように私の右手を取った。

バカみたいに高鳴った鼓動が、尊さんに聞こえてしまわないだろうか。

そんな心配をする私を余所に、彼の雰囲気が妙に優しくて……。まるで、出会った頃のようだった。

二章　ふたりの変化と甘い夜

一　仮面夫婦ということ

六月に入ると、一気に暑さが増した。

梅雨入りはもう少し先みたいで、青々とした空が広がる晴天が続いていた。

そんな青空とは裏腹に、私の口から零れるのはため息ばかり。

尊さんと二日連続で出掛けることができて喜んでいたのも、束《つか》の間のこと。

ディナーに行った翌日から仕事探しを始めたのだけれど、一向に見つからない。

彼が望んでいる『必要なときに俺に同行できるように』というのが、いつ・どの程度の頻度であるのかわからない……というのが一番の理由だ。

もともと、仕事に役立ちそうなスキルや資格はなにも持っていない。

これまでに経験してきた習い事の段位は持っていても、師範として働けるほどの才能はない。

社会経験があまりない私には、そもそも再就職先を見つけることが難しい。

その上で尊さんの希望を優先しようとすると、私が就けそうな職業はまったく見つからなかった。

昔から、両親には『女の子だからお稽古事を頑張ればいい』と言われていた。

私自身、特に反抗期もなかったし、周囲の友人たちも似たような環境の子が多かったため、両親の教育方針に甘んじてきた。

そうして生きてきてしまったツケが、今になって表れているのだ。

おかげで、これまでいかにぬるま湯に浸かっていたのかを痛感し、後悔している。

(私はこういうところがダメなんだよね……。お姉ちゃんみたいに、もっとちゃんと自分で考えて生きてくればよかった……)

姉も同じように習い事をしていたけれど、モデルになってからはそれらはすべてやめてしまい、代わりにキャリアを築き上げてきた。

その努力の甲斐あって、今も仕事が絶えないようだ。

マスコミから逃れるために一時的に海外で生活をしているものの、日本でも仕事をしていると聞いているし、テレビや雑誌に出ている姿も目にした。

あの雑誌の批判なんて物ともせず、以前とほとんど同じように活動している。

まさに、私とは正反対。

世間的に見れば、『婚約者がいるのに別の男性と電撃結婚』というスキャンダルを起こしたというのに、仕事が途切れないということは必要とされているのだろう。

そんな姉に憧れ、そして羨ましく思ってしまった。

けれど、羨望の情を抱えているだけではどうにもならない。

私は、私にできることを探し出すしかないのだ。

色々な感情が混じったため息をついたとき、スマホが着信を知らせた。

ディスプレイに表示されたのは姉の名前で、タイミングのよさに苦笑してしまう。

「もしもし」

『依茉？　ちゃんと元気にしてる？』

「元気だよ」

最近交わすようになった挨拶代わりの言葉は、姉なりに私を心配してくれているからに違いない。

心配性の姉にクスッと笑いつつも嬉しかったし、姉の声を聞くだけでホッとした。

『それならよかった。尊さんとは上手く過ごせてる？』

「うん。尊さんは忙しいけど、私との時間も作ってくれてるよ」

きっと、姉の想像とは違うとは思う。

それでも、嘘は言っていない。

尊さんは私と出掛ける時間を作ってくれたし、あの日から少しだけ会話も増えた。

時間が合えば一緒に食事を摂り、彼も他愛のない話を振ってくれることがある。

結婚生活の初日を思えば、これは私にとって大きな前進だった。

『じゃあ、いいんだけど。依茉はなんでも溜め込むタイプだから心配なのよね。私と違って、反抗期もなかったし』

「それは反抗する理由がなかっただけだよ」

周囲に甘やかされてきた自覚はある。

両親は他人の前では姉と私を比べてきたとはいえ、家の中ではそういうことはあまりなかった。

さらに大学まで一貫の私立に通わせ、なに不自由なく大事に育ててきてくれた。

それに、両親から褒められた経験が少ない代わりに、姉と母方の祖母がとても可愛がってくれていた。

敷かれたレールを歩くだけだった私にしてみれば、反抗する理由がなかったのだ。

『依茉は諦めがいいし、優しいから。でも、いざってときには自分の気持ちに素直になりなさいね』

「いざってとき？」

『いずれ来るわよ、そういうときが』

姉は意味深に言い切ると、『それで本題なんだけど』と話題を変えた。

『依茉、この間仕事を探してるって言ってたでしょ？　私の知り合いが簡単なフランス語を訳せる人を探してるんだけど、引き受けない？』

「えっ？」

さきほどの件は気になったものの、新たな話に意識が奪われてしまう。

『大学でフランス語を専攻してたでしょ。本格的な通訳ほどは必要ないらしいから、できるんじゃないかと思って』

「で、でも……私、そんなに上手く訳せるわけじゃないし……」

大学では、第二外国語としてフランス語を専攻していた。

当時観たフランス映画に影響されて、どうしてもフランス語版の原作小説が読みたくなった……という不純な動機だけで決めたことだ。

結果、小説は読めたし、フランス語の勉強も楽しかった。

とはいえ、流暢《りゅうちょう》に会話ができるようなことはなく、テスト前にはとにかく必死に勉強し、読書のときには辞書が手放せないまま……という状態だったのだけれど。

『本当に簡単なメールを訳すだけでいいみたいよ。バイト代も出してくれるし、基本的には家でできる仕事だって』

戸惑いはあったものの、『家でできる』というのが今の私には魅力的だった。

（でも、また他力本願っていうか、家族に頼るなんてよくないよね。ちゃんと自立することが目標なのに、最初からお姉ちゃんにお膳立てしてもらうなんて……）

「あの……せっかくだけど、上手くできなかったら申し訳ないし、お姉ちゃんに頼るのもよくないと思うから……」

『なに言ってるのよ。最初は誰だって上手くできなくて当たり前でしょ。それに、チャンスはどんなものでも掴むべきよ。きっかけはコネや七光りであっても努力して自分のものにしてしまえば、それはいずれ自分の力になるの』

姉の言葉には、力強さと説得力があった。

自分で道を切り開いてきた姉の意見はもっともで、理由をつけてうだうだと悩んでいる自分が恥ずかしくなる。

「うん……そうだよね。私、やりたい！」

『じゃあ、先方には依茉の連絡先を教えておくから、連絡を待ってて』

姉の口調は、まるで私が引き受けるのをわかっていたかのようだった。

その後、小暮昌磨《こぐれしょうま》さんという男性から連絡が来ることが告げられ、数分ほど他愛のない会話をしてから電話を終えた。

翌日、早くも小暮さんに会うことになった。

尊さんに事情を話すと、彼はすんなりと外出を快諾してくれた。

「はじめまして。宝生依茉と申します」

「はじめまして、小暮昌磨です」

面接に来た気持ちでいる私に、小暮さんは「そんなに固くならないで」と笑った。

明るめのブラウンに染められたミディアムヘアが、爽やかな笑顔によく似合う。

斜めに分けた前髪から覗く二重瞼の目は、穏やかな弧を描いていた。

人懐っこい感じがする、可愛い系の顔立ちだ。おかげで、プライベートで男性とあまり接することがなかった私でも親しみを抱いた。

「宝生さんって呼ぶと、ちょっと堅苦しいな。依茉ちゃんでもいいかな？」

「はい」

「じゃあ、依茉ちゃん。早速だけど、ちょっとした自己紹介と仕事の内容を話すね」

彼から名刺を受け取ると、すぐに話が切り出された。

小暮さんは、もともとは姉の夫の侑吾さんの友人で、年齢は二十九歳。ウェブ関係を中心としたデザイナーをしていて、今回はフランス人のクライアントとのメールを訳してほしい——とのことだった。

クライアントから小暮さんに届いたメールを私に転送し、私はそれを訳してから彼に返信する。小暮さんがクライアントに送るメールも作成するようだ。

今回のクライアントからの依頼は、ホームページとロゴの作成。

まずは額面について。それから、デザインのことを含めた打ち合わせ。

アフターフォローもしているため、そういったときにも仕事があるかもしれないみたいだった。

ただ、フランス人と言っても、日本語での会話はできるそうで、私の仕事はメールでやり取りするしかないときのフォローという感じなのだとか。

「特に事務所に来てもらう必要はないし、基本的に家でやってもらって構わない。まあ、コミュニケーションを兼ねてたまに対面で話せればいいかなとは思ってるけど。ここまででなにかわからないことはある？」

「あの……」

「うん？　なんでも訊いてくれていいよ」

ためらいがちに切り出せば、彼は優しく導くように微笑んだ。

「私、フランス語は専攻してましたけど、卒業後はほとんど触れてなくて……。それでも大丈夫ですか？」

「そうだなぁ。実際にやってもらわないとわからないけど、依茉ちゃんにはあまり難しいことをお願いする機会はないと思ってるんだ。クライアントからは読み書きが苦手だと聞いてるけど、大事なことは電話で確認するつもりだし」

その言葉にわずかに安堵し、それでも拭い切れない不安は残った。

「まずはあまり気負わないでやってみない？　もし無理そうならはっきり断らせてもらうけど、ひとまず働いてもらった分のバイト代は出すよ」

けれど、このチャンスを逃すべきじゃないというのはわかるから、覚悟を決めた。

「はい。ぜひよろしくお願いいたします」

丁寧に頭を下げれば、右手が差し出された。

戸惑いながらも握手をすると、笑顔で「よろしく」と言われて笑みを返す。

握った手から伝わってくる体温は尊さんの方が高かった気がして、なんだか無性に彼の顔が見たくなった。

もちろん、こんなことは本人には言えないけれど……。

＊　＊　＊

小暮さんから仕事をもらうようになって、半月が過ぎた。

「依茉ちゃんのおかげで助かったよ。本当にありがとう」

『今後の相談がしたい』と言われて会うことになった彼は、会うなり笑顔を見せてくれた。

「いえ……。失敗ばかりで、ちゃんとお役に立てなくてすみませんでした……」

この二週間で訳したメールは、送受信分をすべて合わせると九通になった。

相手の意図を上手く汲み取れずに訳してしまったりもしたけれど、そんな失敗をしても小暮さんは私に仕事をくれた。

先方も特に怒ってはいないようで、私の失敗で無駄なやり取りをさせてしまったことを彼を通じて謝罪すれば、笑って許してくれたと聞いている。

「大丈夫、大丈夫。失敗なんて誰にでもあるよ」

「でも……たまたま許していただけただけで、もしかしたら私のせいでお客様を怒らせたかもしれなかったですし……」

「依茉ちゃんは頑張ってくれてるし、これから挽回していってくれればいいから」

「ありがとうございます」

フランス語に触れたのが久しぶりとあってスムーズにはいかないし、辞書もちっとも手放せない。

けれど、小さな一歩を踏み出せた気がしていて、今はそれが嬉しかった。

「そういえば、土曜なのに出てきて大丈夫だった？　旦那さんに怒られない？」

「はい。今は夫も仕事に行ってるので、夕方までに帰れば大丈夫です」

本音を言うと、尊さんの内心はわからない。

今日、小暮さんとランチミーティングをしてもいいかと確認すると、『構わない』と言われただけだから……。

今朝も、尊さんは仕事に出掛けていき、帰宅は十九時前だと聞いているだけ。

特に私のことは訊かれなかったから、〝快く〟じゃなかったのかもしれない。

「そっか。でも、旦那さんを優先にしないといけないときは遠慮なく言ってね。たぶん色々と大変だろうし、できる限り考慮はするから」

お礼を口にしたあとで、小暮さんがどこまで知っているのか気になった。

恐らく多少のことは姉たちから聞いているに違いなくて、だからこその気遣いなのだろう。

「あの……私のことってどんな風に聞いてますか？」

彼はためらうような顔をしたけれど、すぐに「ごまかしても仕方ないか」と苦笑を零した。

「依茉ちゃんは、優茉さんの代わりに結婚したって聞いてる」

つまり、結婚した経緯はそのまま伝わっているということ。

「テレビで優茉さんの結婚のニュースを観たときは、まさか侑吾が優茉さんの結婚相手だとは思わなかったけど……。ふたりとも、依茉ちゃんに色々と背負わせたことを気にしてるみたいだった」

「背負わせたなんて……。私は納得して結婚しましたから」

「でも、姉の婚約者だった相手だなんて、大変なのは赤の他人の俺でもわかる。その上、宝生グループと言えば誰もが知ってるような大企業だからね。色々あることくらい、想像がつくよ」

思わず眉を下げてしまうと、小暮さんが慌てたように続けた。

「あっ、だからどうって意味じゃなくて！　もし相談とか聞いてほしい話とかがあれば、俺でよければいつでも聞くからね？　ほら、悩みとかあるだろうし！」

「悩みなんて……」

「ないわけないよ。そりゃあ、まだ出会って日が浅い俺に話す気なんて起きないかもしれないけど、気が向いたらいつでも言って」

「ありがとうございます。でも、私は恵まれた生活を送らせてもらってますから平気です。しいて言うなら、会話が上手くできないくらいで……」

「会話？　旦那さんとはあまり話さないの？」

うっかり零した悩みに、彼が不思議そうな顔をした。

「あ、いえ……会話がないというわけじゃなくて……。夫は忙しい人ですし、私たちは年齢も少し離れてますから、私が上手く話せないだけで……」

未だに慣れない『夫』という単語が、妙に浮いているように聞こえる。

それでも、尊さんが悪く思われないように必死にフォローを入れた。

相変わらず、私たちはちっとも夫婦らしくない。

なんとか会話は増えてきたし、彼が気遣ってくれているのも伝わってくる。

壁があることに切なくなっても、できるだけ明るく振る舞うようにしていたからか、最近では尊さんも笑顔を見せてくれるようになってきた。

小暮さんに言ったことも本心だけれど、尊さんと私なりに少しずつ進歩があると感じているのもまた事実だ。

「歳の差かぁ……。でも、宝生の御曹司なら会話なんて慣れたものだと思うけど」

「そうだと思います。ただ、事情が事情なので、お互いに気を使ってる部分もあるのかもしれません。結婚が決まってから入籍まで、時間もなかったですから……」

「俺とは普通に話してくれるのにね。依茉ちゃんと話してると、話すのが苦手って感じでもなさそうだし」

「小暮さんは話しやすいですし、姉の紹介というのもあるんだと思います」

そもそも、小暮さん自身が色々な話題を振ってくれるのも大きいと思う。

さらに言えば、彼とはこの二週間で何度も電話で話している。

ニュアンスの説明が難しい部分があったときや失敗した際の謝罪を始め、質問をされることも多かった。

会話の九割は仕事のこと。

ただ、電話で話す分、世間話や他愛のない会話にも及びやすい。

「そっか。夫婦のことって他人からはわからないし、依茉ちゃんはまだ新婚だからこれから関係を築いていけるよ。まあ、独身の俺が言っても説得力はないけど」

冗談っぽい笑みを寄越されて、ついクスッと笑ってしまう。

「あっ、会話だけならアドバイスできるかも！　俺、話すのは好きだし」

「わかります。小暮さんは距離を詰めるのが上手い方だなって思ってました」

「でしょ？　コミュ力には自信あるよ。旦那さんとは些細なことでも話してみるといいかも。今日起こったこととか、テレビや雑誌の内容とか、好きな食べ物とか。人付き合いって、他愛のない会話から仲良くなっていくものだしさ」

「はい。ありがとうございます」

それからは、お互いのことや趣味の話を少しだけして、最後に今後の仕事のことも聞いて解散した。


久しぶりにスーパーに立ち寄り、両手いっぱいに荷物を抱えて帰宅した。

結婚してからすっかりネットスーパー生活になっていたけれど、やっぱり直接手に取って買えると楽しさもある。

今夜は尊さんと一緒に夕食を摂るため、自然と気合いも入っていた。

パンプスを脱ぎながら、ふと彼の革靴があることに気づく。

予定よりも早く帰宅できたのかもしれない。

わずかに浮かれた気持ちを抱えて廊下を進み、リビングのドアに手をかける。

「ああ、こっちはそれなりにやってるよ」

その瞬間、誰かと話しているような声が聞こえ、思わず手を引っ込めてしまった。

「依茉も早くこの生活に慣れようと頑張ってくれてるし、俺たちのことは気にしなくていい。妹が心配なのはわかるが、こんなに頻繁に連絡してこなくても大丈夫だ」

電話の相手が姉だと、すぐにわかった。

尊さんの声はどこか穏やかで、リラックスしているようでもある。まだ彼と姉が婚約していた頃を思い出した。

久しく聞いていないけれど、尊さんはもともと柔和な話し方をする人だ。

鼓膜に響くバリトンは、いつだって優しかったのに……。最近は聞く機会がなかったから、もう忘れかけていたのかもしれない。

過去が戻ってきたような声音を聞けて、少しだけ嬉しい。

ただ、それ以上に複雑な気持ちが大きかった。

「そう言うな。ちゃんと前には進んでる。まあ、まだ色々と問題はあるが、君たちのためにも周囲にはしっかり認めさせるよ」

（お姉ちゃんと話すときは今でもこんな感じなんだ……。尊さんの中にはもうわだかまりとかないのかな？）

心を刺すような小さな痛みには、きっとたくさんの感情が混じっていた。

悲しみ、寂しさ、苦しさ。

そして、小さな嫉妬心……。

一緒に住んでいる私に対しては、未だに余所余所しさがある。

それなのに、他の男性と結婚した元婚約者にはこんな風に話すのかと思うと、どうしても胸の奥が締めつけられた。

リビングには入りづらくなっているのに、電話の内容が気になってドアの前から離れることもできない。

静かに立ち尽くしながら、早く電話を切って……と願わずにはいられなかった。

「今さらだが、優茉さんと出会えて本当によかった。君がいなければ、俺は変われないままだったかもしれない。婚約者じゃなくなったが、君の幸せを願ってるよ」

そんなときに尊さんが紡いだ言葉に、私の鼓動がドキッと跳ね上がる。

聞いてはいけないことを聞いてしまった気がしたことよりも、彼が零した本音を思いがけず耳にしたことに戸惑いでいっぱいになった。

（お姉ちゃんは侑吾さんが好きだから、あんな手段で結婚したんだよね。でも、じゃあ……尊さんの気持ちは……？）

これまでは、尊さんは姉に恋愛感情はなかったんだと思っていた。

姉の電撃結婚がメディアで発表されたあの夜、彼はあまりにも落ち着いていていたし、姉や侑吾さんの前ですら心を乱す様子もなかった。

だから、あくまでビジネスとして結婚を受け入れていたんだと察した。

私の価値はともかく、私との結婚を提案した父の意見を受け入れるくらいには姉への感情は薄いのだと思っていた。

けれど、それはとんだ勘違いだったのかもしれない。

(尊さんはお姉ちゃんが好き……だった？　ううん、もしかしたら今も……)

そう思い至ったとき、動揺と切なさでいっぱいになった。

喉の奥から熱が込み上げてきて、それを堪えるように唇を噛みしめる。

「ああ、わかってる。なにかあれば必ず連絡するよ」

程なくして、尊さんの電話が終わる気配がして、慌てて深呼吸をした。

どうにか心を落ち着かせ、無理やり口角を上げる。

笑顔が引き攣る予感がして、もう一度息を吐いてからドアを開けた。

「ただいま帰りました」

「ああ、おかえり」

ただ出迎えられただけなのに、なんだか泣きそうになった。

「尊さんの方が早かったんですね。遅くなってすみません」

「予定が一件キャンセルになったから、早く帰ってきただけだ。依茉も仕事だったんだし、謝る必要なんてない」

「ありがとうございます。すぐにご飯の支度をしますね」

「俺もなにか手伝うよ」

「大丈夫です。尊さんはゆっくりしててください」

尊さんは一瞬ためらっているようだったけれど、「わかった」と頷いた。

書斎に行く彼がリビングから出ていったあと、震える唇で息を吐いた。

尊さんとの会話や彼の笑顔が増えても、根本的なことや事実はなにも変わらない。

私に求められているのは、跡取りを作ることと、宝生家と姉を繋ぎ続けること。

尊さんと私は、どこまでいっても仮面夫婦なのだ……と改めて思い知って、蓋をしていた不安とともに大きな悲しみが押し寄せてきた。

二　不機嫌な態度

七月に入ると、すぐに梅雨入りした。

じめじめとした天気が続いているけれど、気が滅入るような感覚はあまりない。

最近は、思いのほか仕事が上手くいっているおかげだろうか。

小暮さんは、仕事を受けていたフランス人のクライアント――ジョエルさんから別のフランス人を紹介してもらい、契約に繋がった。

新たなクライアントは多少の日本語の読み書きはできるものの、『フランス語の方がとても助かる』という話になったのだとか。

そういう経緯があって彼から再び仕事を頼まれたときには、喜んで引き受けた。

仕事に励んでいる間は尊さんとの関係に頭を悩ませる余裕がないことも、憂鬱な気持ちになる機会が減った理由かもしれない。

忙しくしていれば、悩みに時間を割く暇はなくなっていく。

もちろん、まったく考えないわけじゃない。

先日の姉との電話の内容は気になっているのに、なにも訊けないままで……。心の中ではモヤモヤしているし、彼の言葉がずっと引っかかっている。

けれど、この家で自分ひとり分の家事をこなして時間を持て余していただけだった日々と比べれば、悩む時間は確実に減っていた。

それに、もっと上手くこなせるようになれば、また仕事をもらえるかもしれない。

甘い考えかもしれなくても、〝次〟に繋がれば自立にも近づくのは事実だ。

そうすることが、尊さんとの離婚後のためだというのは悲しいけれど……。それでも、今はとにかく目の前のことをひとつずつ頑張っていこうと決めていた。

今日もメールを送信したあと、ふぅと息をついた。

氷が溶けたアイスティーを飲み干し、念のためにメールを見直す。すると、訳したフランス語の文法がおかしいことに気づき、慌てて訂正メールを送った。

それから五分もしないうちに、小暮さんから電話がかかってきた。

「もしもし、宝生です」

『あ、依茉ちゃん？　今って電話してても大丈夫？』

「はい。あの、すみません……！　私、また間違ってしまって……！」

最近はようやく翻訳ミスがなくなってきたところだったのに、初歩的なミスを犯してしまった。

きっと、無意識の油断が招いたこと。

『大丈夫だよ。先方にはまだ送ってなかったし、訂正メールも確認したから』

「本当に申し訳ありません」

ひやりとしたものの、メールを読んだのが彼だけだったことに救われた。

もし間違いに気づくのがあと数分遅かったら、先方にも迷惑をかけることになっていたかもしれない。

『気にしなくていいよ。俺なんて、未だにフランス語は単語すらわかってないし。電話したのは、依茉ちゃんが不安になってるんじゃないかと思っただけだから』

小暮さんは、こういう気遣いがさらりとできる人だ。

それも恩着せがましくもなく、『ちょうど休憩しようと思ってたところだったから』なんて優しい言葉まで付け足してくれる。

「本当に申し訳ないです……。今後はいっそう気を引き締めますので……」

『いやいや、そんなに大袈裟に捉えないで。事前に防げたし、俺は依茉ちゃんがいなかったらこの仕事は引き受けられなかったんだから』

「ありがとうございます」

謝罪しすぎるのも、きっと相手に気を使わせてしまう。

そんな思いからお礼を告げると、彼は『もう気にしないで』と優しく言い切った。

『それに、依茉ちゃんはよくやってくれてるよ。俺の仕事を手伝う程度ならそんなに稼げるわけでもないのに、丁寧に仕事をこなしてくれてるしさ。そもそも、依茉ちゃんの立場だったら仕事をする必要はないはずなのに、真面目だし努力家だよね』

小暮さんに他意はないのだろうけれど、なんだか肩身が狭くなる。

「そんなこと……。私はただ、自立したかっただけで……」

少しだけ悩みながらも、深く考えるよりも先に本音を漏らしていた。

『自立?』

「はい。私、ずっと両親に敷かれたレールの上を歩いて実家に頼り切りで生きてきたので、少しでも自分自身の力をつけたくて……。上手く言えないんですけど、姉みたいに逆境の中でも自分の足で歩ける人間になりたかったんです」

こんな風に言ったら、大袈裟かもしれない。

それでも、私の本心なのは間違いなかった。

大前提として、仕事を始めたのは尊さんとの離婚を視野に入れているから。

けれど、結局のところは自分自身のためなのだ。

実家が大変な状況になっていると知って初めて、私が持っているものはずっと両親から与えられてきたものばかりで、私自身にはなにもないと気づいた。

今、ひとりで世の中に放り出されたら、私は生きていけないかもしれない。

そんな自分の状況が恥ずかしかったし、急に不安になった。

だから、姉のようにはなれなくても、せめてどんなときでも自分の足で歩けるようになりたかった。

『依茉ちゃんは、ちょっと肩に力を入れすぎな気がするな』

「そうですか？　でも、姉や夫に比べれば私なんて……」

『うーん、そんな風に周囲と比べて引け目を感じなくていいと思うんだけどね。仕事でもそうだけど、周りの人たちにもっと甘えてもいい気がするよ』

どう答えればいいのか、わからなかった。

今まで両親に甘えてきた結果が現状で、だからこそ自立したい。

周囲に甘えたらまた同じことの繰り返しになる気がして、小暮さんの言葉になにも言えなくなってしまった。

『あとさ……依茉ちゃんは、自分で思ってるよりもずっと芯があって素敵だよ』

「え？」

『俺でよければいつでも相談に乗るから、あんまり無理しないで』

いつも通りの明るい雰囲気に戻った彼は、『じゃあ、また』と言って電話を終えた。

（そんなに無理してるように見えたのかな？）

ミスをしたこと、自分の本音を言ってしまったこと。

そんな話に加えて、以前に尊さんと上手く話せないということも口にしていたし、私が無理をしているように見えていたのかもしれない。

仕事の件はともかく、次からはあまり余計なことは言わないようにしよう。

そう決めて、反省の念を抱えながらため息をついた。

＊　＊　＊

七月上旬も終わる、水曜日の夜。

尊さんが、予定よりも少しだけ早く帰宅した。

「おかえりなさい。早かったんですね」

「ああ。急遽、会食がキャンセルになったんだ」

出迎えた私に、彼は「今日はどうしても会いたい相手だったんだが」と零す。

尊さんが私の前で仕事の話をするのは珍しい。

決して心を許してもらえているわけじゃないとわかっているけれど、こんな些細なことですら嬉しかった。

「あ、じゃあ、晩ご飯はまだですよね？」

「ああ。でも、自分で適当にするから気にしなくていい」

「私もこれからなので、一緒に食べませんか？　冷製パスタなんですけど、ソースをたくさん作ったのですぐに用意できますから」

ちょうど夏野菜の冷製パスタを作っている途中だった。

夏野菜をオリーブオイルで焼いて、生のトマトを使った冷製ソースをかけるだけのものだけれど、さっぱりとしていて食べやすい。

レモンを入れるのが、密かなこだわりだ。

「そうか。じゃあ、甘えさせてもらうよ」

「はい！　すぐに用意するので、尊さんはゆっくりしててください」

「ありがとう。先に着替えてくる」

彼は頷くと、そのまま自室に入った。

私は急いでキッチンに行き、簡単にできるスープを用意する。

ベーコンと玉ねぎをサッと炒めて水を加え、コンソメで煮込むだけのもの。

ひとりならパスタで済ませるつもりだったけれど、尊さんも食べてくれるなら少しでも品数を増やしたかった。

(サラダは作れないか……。こんなことなら買い物しておけばよかった)

昨夜に頼んだものは、明日の日中に届くようになっている。平日に彼と一緒に食事を摂ることは少ないため、週末に材料があればいいと思っていたのだ。

「仕方ないよね」

「なにがだ？」

鍋の前で呟くと、キッチンに入ってきた尊さんにそれを拾われた。

「あ、いえ……。品数が少ないので……」

「そんなこと気にしなくていい。むしろ、急に連絡もせずに帰ってきて悪かった」

「いえ、そんな……。ここは尊さんの家なんですし」

「今は俺と依茉の家だろ」

当たり前のように言われて、鼓動がトクンと跳ねる。

彼が私のことをちゃんと家族として扱ってくれることが、無性に嬉しかった。

そんな私に、尊さんが紙袋を差し出してきた。

「会社の近くに最近できた店で買ってきたものだ。気に入るかわからないが、スタッフに人気のものを詰めてもらった」

「え……？　私に……？」

きょとんとすると、彼は眉を下げて小さく笑った。

「他に誰がいるんだ」

そう言われればそうだけれど、尊さんがお土産を買ってきてくれるなんて思ってもいなくて、喜びよりも信じられない気持ちの方が勝った。

けれど、よく考えれば、結婚前の彼はいつもこんな風にプレゼントをしてくれた。

婚約者だった姉だけじゃなく、私にも出張土産なんかを買ってきてくれていた。

忘れたわけじゃなかったものの、久しぶりのことに驚いてしまったのだ。

「えっと……ありがとうございます。嬉しいです」

面映ゆさと喜びが混じったような、感覚。

上手く言えないけれど、尊さんが私のことを少しでも考えてくれたのだとわかって感激した。

「中、見てもいいですか？」

「ああ」

隣に立つ彼を横目に紙袋を覗けば、小さな箱とペーパーバッグが入っていた。

箱の中には、大きないちごが乗った丸いショートケーキがひとつ。ペーパーバッグには、クッキーやパウンドケーキなどの焼き菓子が十個以上はあった。

「こんなにたくさん……本当にありがとうございます」

「ショートケーキは今日中だが、焼き菓子は一週間程度は持つらしい。クッキーの賞味期限は二週間だと言ってたから、仕事の合間にでも食べるといい」

「えっと、尊さんも一緒に食べませんか？」

「俺はいい」

ぴしゃりと言い切られた瞬間、壁を感じてしまった。

「依茉が食べ切れないなら、誰かに……いや、あとで少しだけ一緒に食べよう」

私がついしょんぼりしたせいか、尊さんは思い直したような顔をした。

「でも、もしかして甘いものは苦手なんじゃ……。ブランチを食べに行ったとき、『特別好きなわけじゃない』と言ってましたよね？」

「そうじゃない。依茉のために買ってきたものだから、自分が食べようと思ってなかっただけだ。甘いものも含めて、基本的にはなんでも食べられる」

「それなら一緒に……」

「ああ。食後に食べよう。確か、どこかに紅茶があったはずだ」

笑顔で頷くと、彼も表情を緩めてくれた気がした。

「あっ、晩ご飯はもうできますから、先に座っててください」

「いや、なにか手伝う。これはもう運んでいいのか？」

「じゃあ、お願いします」

尊さんに盛りつけたばかりのパスタを運んでもらい、完成したスープをスープカップに注ぐ。

カトラリーと飲み物も用意して、ふたりで椅子に腰を下ろした。

彼は今夜も「おいしい」と褒めてくれ、私はずっと頬が綻んでいた。

そして、食後にショートケーキを半分こし、焼き菓子もいくつか摘まんだ。

尊さんが出してくれた茶葉で淹れた紅茶も、買ってきてくれたスイーツも、今まで口にした中で一番おいしく感じる。

それはきっと、彼の思いやりが伝わってくるから。

もしかしたら、普通の夫婦なら当たり前のことかもしれない。

けれど、私にとっては特別に嬉しいことだった。

夕食後、尊さんにはお風呂に入ってもらった。

私は片付けながら、さきほどの喜びを噛みしめるように笑みを零してしまう。

幸せな気分でいたとき、リビングに置きっ放しだったスマホが鳴り始めた。

慌ててスマホを取りに行くと、【小暮さん】と表示されていた。

「もしもし？」

『あ、依茉ちゃん？　遅くにごめんね。今って大丈夫かな』

珍しく焦った様子の小暮さんに、「はい」と頷く。

『悪いんだけど、今から送るメールをすぐにフランス語にしてくれる？　どうしても明日の朝一までに確認したいことがあって。内容的には簡単だと思うんだけど』

「わかりました」

『こんな時間から働かせてごめんね。手当つけるからね』

「大丈夫ですよ」

『……なにかいいことでもあった？』

「え？」

『いや、声が明るい気がするから』

突然の質問に小首を傾げると、彼は確信めいたように言った。

（そんなにわかりやすかったかな？）

浮かれていたことを自覚させられ、少しだけ恥ずかしくなる。

けれど、素直に「はい」と答えることにした。

『その感じだと、旦那さん関係でしょ』

「小暮さんって鋭いですね」

『そうでもないけど……依茉ちゃんのことはよく見てるつもりだからかな』

「えっ？」

『ああ、ほら……なんか放っておけないっていうかさ。依茉ちゃんって妹みたいな感じなんだよね。俺みたいな兄貴は嫌かもしれないけど』

「そんなことないですよ」

社交辞令に同じような気持ちで返し、ふふっと笑う。

もし、小暮さんが兄なら、我が家はもっと明るかったかもしれない。

そんな想像をして笑顔になったけれど、彼と兄妹になるイメージは湧かなかった。

『って、のんきに話してる場合じゃなかった。じゃあ、悪いけどよろしくね。依茉ちゃんは仕事が速いから助かるよ』

小暮さんが褒め上手なのは、もうわかっている。それでも、彼の言葉が大きな励みになった。

「そう言っていただけて嬉しいです。すぐに訳してメールしますね」

電話を切り、自室に行こうと踵《きびす》を返す。

「あっ、尊さん」

すると、リビングのドアの前に尊さんが立っていた。

彼がバスルームから戻ってきていたことにも気づけないほど、電話に夢中だったのかもしれない。

「よくそんな風に電話するのか？」

「え？」

唐突に投げられた質問の意図がわからなくて、きょとんとしてしまう。

尊さんは、そんな私に苛立《いらだ》ったように眉を寄せた。

「電話の相手、仕事をもらってる小暮さんという人だったんだろ？」

「あ、はい。えっと……急ぎの仕事があったり、私がミスをしてしまったときに電話がかかってきたりはします。あと、ニュアンスが難しい訳のときなんかは電話で話すことが多いですけど、今は急ぎの仕事をお願いされて……」

彼の表情には、〝不機嫌〟が表れている。

けれど、その理由に見当がつかないため、言葉選びに慎重になった。

「仕事の電話か。……そのわりには楽しそうだったな」

「すみません……」

声音が冷たくなった気がして反射的に謝れば、尊さんがますます眉をひそめた。

「どうして謝る？」

訝《いぶか》しげな顔を向けられ、納得してもらえていないことを察する。

「リビングで電話をしてたので、不快だったのかと……」

ただ、謝罪した理由を上手く表現できず、ひとまず思いついたことを口にした。

直後、彼がハッとしたように目を小さく見開いた。

そのまましばらくの間、尊さんは口元に手を当てて黙り込んでしまった。

「尊さん？」

おずおずと様子を窺《うかが》う私に、彼がため息交じりに眉を下げる。

「ごめん……」

「え？」

「依茉はなにも悪くないから気にするな」

「でも……」

「急ぎの仕事を頼まれたんだろ？　引き止めて悪かった。片付けの続きは俺がやっておくから、依茉は早く仕事をするといい」

尊さんの態度に、違和感はあった。

ただ、その理由がわからないことと彼がこれ以上触れようとしていないのはわかるから、私は「ありがとうございます」と言って大人しく部屋に行くことにした。

そのあとすぐに、尊さんも書斎にこもったようだった。

よくわからないけれど、彼に不快な感情を抱かせてしまったのは間違いないはず。

(今度からは仕事の電話は部屋でしよう)

ひとまず解決策を考え、戸惑いに蓋をするように頼まれた仕事を急いでこなした。

三　甘露に濡れる夜

海の日を間近に控えた、七月中旬。

尊さんと結婚してから、二か月半が経とうとしていた。

小暮さんと電話をしていた夜以来、尊さんの態度に特におかしな様子はない。

尊さんと同居を始めた頃に比べれば随分と会話をするようになったし、ここ最近は夕食を共にする回数も増えた。

休日には三食すべて一緒に食べる日や、ときには外食をすることもある。

家では各々自由に過ごすのは前と変わらないけれど、彼から誘われて一緒にお酒を飲んだこともあった。

決して、順風満帆とは言えない結婚生活だと思う。

それでも、尊さんとの距離が少しずつ縮まっている気がしていた。

一方、相変わらずスキンシップはなにもない。

一緒に出掛けたときには彼から手を繋いでくれたけれど、それ以上に触れ合ったことはまだ一度もなかった。

寝室は、ずっと別のまま。

私は、未だに尊さんの自室には入ったことすらない。

しいて言うのなら、彼に声をかけに行くときに室内を目にするくらいだった。

普段はハウスキーパーが掃除に来るため、私が尊さんの寝室や書斎に入る必要はなく、彼自身もどこかそれを避けている雰囲気がある。

(今の状態だと、妻としての役目なんてほとんどこなせてないよね……)

週に数えるほどの、ふたり分の食事の支度。それと、自分自身のこと。

最近になって掃除や洗濯を申し出てみたものの、尊さんには『そんなことは気にしなくていい』と一蹴《いっしゅう》されて終わってしまった。

少しばかり虚しくなったけれど、食い下がることはできなかった。

(私に見られたくないものとかあるんだろうな。それとも、家の中では妻でいる必要はないってことなのかな……)

考えれば考えるほど、自分の立ち居振る舞いに悩んでしまう。

かと言って、自分から彼になにか行動に移す勇気なんてない。

そもそも、私は恋愛初心者だ。

初心者というよりも、むしろ大人になってからは好きな人がいた記憶すらない。

今までの恋だって、両想いになったとか付き合ったというような経験はなく、思えばただの淡い憧れに近かった気さえする。

「ただいま」

ふぅと息を吐いたとき、リビングのドアが開いた。

「あっ、おかえりなさい」

玄関の物音に気づいてなかった私は、いきなり現れた尊さんにわずかに動揺する。

「晩ご飯、もうすぐできますから」

キッチンにいる私がカウンター越しに微笑めば、彼はなぜかこちらに来た。

「俺もなにか手伝うよ」

尊さんは「なにをすればいい？」と訊いて手を洗い始めたけれど、なにをしてもらえばいいのかわからない。

「えっと、大丈夫です。あと少しでできますから」

そんな気持ちから断れば、彼が眉をわずかに下げて「そうか」と言った。

もしかしたら、厚意を無下にしてしまっただろうか。

なんだか申し訳なくなりつつ、食器棚の一番上の段からお皿を取り出したとき。

「きゃっ……！」

隣に置いてあったワイングラスに軽く手が当たり、転がるように落ちてきた。

「依茉！」

咄嗟に目を閉じた直後、体が後ろに引っ張られる。

ほぼ同時に、ガラスが砕けたような音が響いた。

「大丈夫か？」

「は、はい……」

目を開けると、背後から下腹部に回された大きな手が視界に入ってくる。

「っ……」

腰を抱かれているということに頬が熱くなったあとで、足元に割れたグラスが落ちていることに気づいて青ざめた。

「ごめんなさいっ！　ワイングラスが……！」

慌てて振り向いた私は、尊さんを見上げた。

ラグジュアリーブランドのワイングラスは、そう気安く買えるものじゃない。

「それより、怪我はないか？」

ところが、彼は割れたグラスを気にする素振りもなく、私の様子を窺うように目を真っ直ぐ見つめてきた。

私は頷きながらも、申し訳なさでいっぱいになる。

「私がちゃんと気をつけていれば……」

「依茉のせいじゃない。そのグラスは、昨日俺が使ったんだ。俺の片付け方が悪かっただけだから、依茉が気にすることはない」

「でも……」

「こんなもの、またいくらでも買い直せばいい。そんなことよりも、依茉に怪我がなくてよかった」

近距離で耳に響くバリトンと優しい眼差しに、鼓動が大きく跳ね上がる。

尊さんが瞬時に手を差し伸べてくれなければ、怪我をしていたかもしれない。

けれど、少しずつ冷静になったせいか、助けてもらったことに対してありがたいと思うよりも先に、彼との距離の近さに羞恥と緊張が込み上げてくる。

もう知っている、骨ばった手。

よく知らなかった、力強い腕。

片腕で軽々と私を守ってくれたことに、勝手にドキドキしてしまう。

男性らしい逞《たくま》しさに受け止められた体が、まるで硬直してしまったみたいだった。

「それにしても、依茉は本当に危なっかしいな」

「す、すみません……」

声が微かに震える。

羞恥がどんどん大きくなって、尊さんの顔を見られない。

彼は、そんな私からそっと腕を離し、真っ直ぐ立たせてくれた。

「本当に大丈夫か？」

「はい……」

平静を装いたいのに、意味もなく髪を耳にかけた左手がわずかに震えている。

それをごまかしたくても、熱を帯びた頬が隠させてくれそうになかった。

「それならいい。今のは依茉のせいじゃないが、頼むから怪我しないでくれよ」

ポンと頭を撫でられ、その優しい仕草にまた心臓が早鐘を打つ。

息が苦しいほど胸が締めつけられて、心も体もおかしくなってしまいそうだった。

「俺が片付けるから触らなくていい」

尊さんは私の動揺を見抜いていたと思う。

けれど、返事もできなかった私を気遣ってか、あっという間にワイングラスの破片を拾って片付け、「着替えてくる」と言い置いてキッチンから出ていった。

私は一拍置いて腰が抜けたように足に力が入らなくなって、その場にへなへなと座り込んでしまった。

（あんなの、尊さんにとってはなんでもないってわかってるのに……）

顔が、鼓膜が、彼に触れられた部分が……ただただ熱い。

まるで血液が沸騰したようで、全身が甘苦しい熱に侵されていく。

好き、なんて言えない。

それでも、自分の中にある恋情にどんどん捕らわれていく気がしていた。

＊　＊　＊

その三日後、自由《じゆう》が丘《おか》に足を運んだ。

「依茉ちゃん、こっち！」

「お待たせしてすみません」

スーツを着た小暮さんが、パステルブルーのフォーマルワンピースを身に纏っている私に笑顔を向ける。

「大丈夫。まだ余裕があるし、ゆっくり向かおう」

「はい」

彼に促されて、目的地へと歩き出した。

「急にこんなことお願いしてごめんね」

「いえ、大丈夫です」

今夜は、小暮さんのクライアントのジョエルさんと食事をすることになっている。

今回の仕事が上手くいった祝杯を挙げたい、という理由で誘われたのだとか。

さらには、先方の要望で私まで同行することとなった。

一昨日の日中、彼からの電話でそれを聞いたときには丁重に断った。

けれど、『どうしても頼めないかな』と言われて、『通訳のようなことはできませんが』と前置きした上で誘いを受けた。

尊さんは『それも仕事のうちだ』と快諾してくれ、帰りが同じくらいの時間帯になるはずだということで、『迎えに行く』とまで言ってくれている。

一度は断ったものの、彼に押し切られたため、戸惑いつつも甘えることにした。

「そういえば、今日お会いするジョエルさんからは、どういう経緯で仕事を受けることになったんですか？」

「ああ、話してなかったっけ？　俺、二年くらい前にフランスで開催されてた企業のコンテストで優秀賞をもらったんだよ」

「えっ!?」

なにげなく発した疑問だったのに、予想外の答えが返ってきて目を見開く。

「まあ、小さなコンテストだけどね。たまたまエントリーしたら賞に引っかかって、ジョエルさんはそのときの作品を見て気に入ってくれたらしいんだ」

ただ、小暮さんはなんでもないことのように話していた。

「それってすごいことなんじゃ……」

「いやいや、別にメディアにも取り上げられないようなコンテストだよ。コンテストのサイトをネットで見つけて、翻訳サイトを駆使してエントリーしたら運よく受賞できたんだけど、大賞じゃないからその企業とは縁がなかったし」

「そうだとしても、やっぱりすごいことですよ」

声に力が入った私に、彼が苦笑を漏らす。

「ちゃんと仕事になっていれば、そうだったかもね。当時はスケジュールにゆとりがあったし、なにか新しいことに挑戦したかったからエントリーしてみたけど、賞金は微々たるものだったから作品に費やした時間を考えれば大赤字だよ」

「でも、そのときの努力があるから今回の仕事に繋がったんですよね」

「まあそうだね。まさか一年半以上経ってから依頼をもらえるとは思わなかったけど、どうしても俺に頼みたいって言ってくれたときは嬉しかったな」

はにかんだような横顔につられて、笑みが零れてしまう。

「じゃあ、ジョエルさんはフランスで小暮さんのことを知ったってことですか？」

「もともとはそうみたいだね。それで、今年の秋から日本で起業することが決まったから、ホームページとロゴを作成してほしいってことだったんだ。結局、他の仕事も依頼してもらえたし、今後も長い付き合いができそうだから受けてよかったよ」

当初に依頼があったホームページとロゴは予定通りに完成し、小暮さんはそのあとでオープニングキャンペーンの広告と販促物のデザインも請け負っていた。

その上、彼はジョエルさんに広告代理店まで紹介したと聞いている。

ジョエルさんは小暮さんの仕事ぶりを気に入ったようで、今後もなにかあれば仕事を依頼したいと言われているのだとか。

「最初の依頼はそんな経緯だったんですね」

起業の話や仕事の内容は聞いていたけれど、仕事に至ることになった経緯は思いもよらないものだった。

ただ、話を聞く限りでは、きっと連絡を取るのは大変だっただろう。

小暮さんは依頼を受ける際、ホームページのメールフォームを利用している。

ジョエルさんが日本語を話せても読み書きが苦手だったのなら、きっと最初のメールのやり取りで苦労したに違いない。

「最初のうちは翻訳機能でどうにかできないかと思ったんだけど、細かいニュアンスとかはやっぱり難しくてさ……。かと言って、ジョエルさんはまだ日本とフランスを行き来してる状態だから、電話で毎回やり取りするのは無理だったんだ」

小暮さんが、「だから依茉ちゃんを紹介してもらえて助かった」と笑う。

「通訳を雇ってもどれくらい必要になるかわからなかったし、そもそも不定期でメールだけを訳してくれるような通訳者が見つからなくて……。でも、依茉ちゃんのおかげで仕事になったし、ジョエルさんにはクライアントも紹介してもらえた」

「そんな……。私は足を引っ張ってばかりで……」

「でも、今はもうしっかりやってくれてる。ジョエルさんは依茉ちゃんにも会いたがってたから、どうしても一緒に来てほしかったんだ。ほら、縁があったら、俺みたいに仕事に繋がる人を紹介してもらえるかもしれないし」

彼がそんなことまで考えてくれていたことに、感謝と申し訳なさが芽生えた。

いくらなんでも、人が好すぎる。

私なんて、姉と侑吾さんを介して知り合っただけだし、そこまで気にかけてもらうような関係性じゃないのに……。

「ありがとうございます。そんな風に気遣っていただけて嬉しいです」

「いや、これは本当に俺の気遣いってわけじゃなくてさ。ジョエルさんが依茉ちゃんに頼みたいことがあるみたいなんだよね」

「頼みたいこと？」

「とりあえず会えばわかると思うし、今日はおいしいご飯を堪能させてもらおうよ」

緊張がないといえば、嘘になる。

けれど、もしかしたら仕事をもらえるかもしれないと、少しだけ期待している自分がいた。

予約されていたお店は、フレンチレストランだった。

ジョエルさんが日本で懇意にしているお店で、シェフがフランス人なんだとか。

四十代前半のジョエルさんは、十代の頃に家族旅行で日本を訪れて以来、日本が大好きになり、いつか日本で仕事をするのが夢だった――と話してくれた。

この秋から、日本でワインショップを開くことが決まっている。

ジョエルさんの日本語は流暢で、長年住んでいると言われても違和感がない。

けれど、彼いわく『読み書きは漢字が難しくて覚えられない』ということだった。

「今回は、ショウマのおかげでいいものができた。本当に感謝してます」

「こちらこそ、フランスでは実績のない私に依頼をくださって感謝してます。それに、お知り合いまで紹介してくださって、ありがとうございます」

「私はいいものを作るクリエイターがいると話しただけです。友人は、ショウマの作品を見て君に依頼しようと決めたんですよ」

「嬉しいです」

小暮さんの横顔を見ながら、私も相槌を打つようにする。

すると、ジョエルさんが私に明るい笑みを向けた。

「それにしても、エマはとても可愛らしい。名前の通りですね。君のような素敵な女性が通訳をしてくれてたなんて驚きました」

「い、いえ……そんな……」

社交辞令だとわかるのに、ついたじろいでしまう。

「謙遜するところも実に日本人らしい。見た目は可愛いが、中身は大和撫子だ」

そんな私の態度にも、彼は陽気に笑っていた。

「ところで、エマに個人的に頼みがあるのですが」

ジョエルさんはそう前置きすると、私の目の前に一冊の絵本を差し出した。

「五歳の息子のお気に入りの絵本です。私たち家族はこれから日本に住みますが、息子は不安が大きいようで嫌がってます。親の都合で振り回すのは申し訳ないですが、息子も日本は好きですし、きっと上手くやっていけるはずです」

彼の意図はよくわからないままに、話に耳を傾ける。

「そこで、エマ。この絵本を日本語に訳してくれませんか？」

「日本語に？」

「はい。フランスでも少しマイナーな絵本で、日本語訳のものは市場にありません。ですから、息子のためにエマに訳してほしいんです」

この絵本はジョエルさんが新たに購入してきたものなんだそう。

息子さんに少しでも日本語に触れてほしくて、これ以外にも数冊の絵本を持ってきたと話してくれた。

「もちろん、一冊ごとに報酬は渡します。どうか引き受けてくれませんか？」

ジョエルさんと絵本に交互に視線を遣った私は、程なくして小暮さんを見た。

小暮さんは笑っていて、このことを知っていたのだと察する。

そして、彼から聞かされていた『頼みたいこと』がこの件であることもわかった。

「あの……私は翻訳家ではないですが……」

「ええ、知ってます。でも、私はエマが訳してくれたメールから気遣いや優しさを感じてました。そして、今日君に会って、穏やかな笑顔や話し方がとても気に入りました。だから、ぜひエマにお願いしたいんです」

素直に嬉しかった。

自分の力で得たものはなにもないと思っていた私が、初めて自分で道を切り開けた気がしたから。

周囲から見れば、ちっぽけなものかもしれない。

けれど、私には大きなことだった。

「私でよければ、お受けいたします。ぜひよろしくお願いいたします」

「ありがとう、エマ！　息子もきっと喜びます！」

興奮した様子のジョエルさんにたじろぐと、小暮さんがクスッと笑った。

私からも自然と笑みが零れ、和やかな空気に包まれる。

その後、食事会は無事に終わり、私はジョエルさんから預かった十冊の絵本が入った紙袋を抱えて小暮さんと別れた。

「依茉」

駅で待っていると、スーツ姿の尊さんが正面から歩いてきた。

ただそれだけでも優美に見えて、ドキッとしてしまう。

それを隠すように、どうにか平静を装いながら笑顔で頭を下げた。

「迎えに来てくださって、ありがとうございます」

「いや、いい。それより、荷物が多いな」

「あ、はい。ちょっと頼まれ事をしたので」

端的に事情を説明すると、彼は「そうか」と微笑んで紙袋を持ってくれた。

「重いですから、自分で……」

「これくらい平気だ。手持ち無沙汰なら、こうしていよう」

言うが早く、尊さんの左手が私の右手を掴む。

自然と繋がれた手に目を見開き、鼓動が跳ね上がった。

「車まで少し歩くが、大丈夫か？」

私の足元に視線を遣った彼は、ヒールが高いパンプスを履いていることを気にしているようだった。

「は、はい……」

未だに手が触れるだけで緊張してしまう私には、その気遣いを受け取るよりも早鐘を打つ心臓に気を取られてしまう。

反して、尊さんの表情は変わらなかった。

彼は緊張も動揺もなく、まるで息をするように私の手を優しく掴んでいる。

「車は……どのあたりに停めてるんですか？」

「ここから五分くらいのパーキングだ」

沈黙に耐えられない私が訊けば、尊さんが「近くの店にいたんだ」と話した。

仕事終わりに来てくれた彼は、私が連絡するまでカフェで仕事をしていたみたい。

「じゃあ、お待たせてしまいましたね。すみません」

「構わない。それより、夜道をひとりで歩かせる方が気になるからな」

当たり前のように心配されていることに、どうしても喜びを感じてしまう。

尊さんにとってはこれが義務だとしても、彼の中に少しでも私の存在があることが嬉しかった。

夜の街に溶け込む尊さんは、それでいてよく目立っていた。

街の灯りの粒を受け、キラキラと光っているようにも見える。

そのせいか、余計にドキドキさせられた。

不意に、彼が私をじっと見つめてきた。

その面持ちはなにか言いたげなのに、言葉を発する雰囲気はない。

自然と足を止めていた私たちは、程なくして通行人の邪魔になるのを避けるように再び歩き出した。

(さっきの尊さんの表情……なんだったのかな?)

「食事会はどうだった?」

車に乗っても落ち着かなくて、尊さんからの質問をきっかけに必死に話した。

今日食べたもの、小暮さんやジョエルさんのこと。どれも別に話さなくてもいいような、とりとめもないことばかり。

それでも、今はなんだか沈黙が訪れるのが怖かった。

彼は口数が少ないなりに、相槌を打ってくれていたけれど……。車内の空気が緊迫している気がして、私はそれを掻き消すように無理に笑った。

そのせいで、帰宅したときにはすっかり気疲れしていた。

もともと、今日は初対面だったジョエルさんに会うことにずっと緊張していたし、小暮さんがいたといっても始終気が抜けなかった。

ようやくホッとしたのも束の間、今度は尊さんにドキドキして……。そして、彼の纏う空気がどことなく変わったことに気づいてからは、緊張感が蘇《よみがえ》ってきた。

（お風呂に入ったらすぐに寝よう。絵本の翻訳は明日から頑張ればいいかな）

リビングにバッグを置きながら、おもむろに振り返る。

「尊さん、先にお風呂どうぞ」

すると、すぐ後ろに尊さんがいて、一瞬驚いてしまった。

彼は私を見つめていて、その表情の意図が読み取れない。

「あの……」

「おもしろくないな」

沈黙に不安を感じて口を開くと、尊さんがあからさまに眉を寄せた。

「え？　私、なにか——」

「ああ、そうだな」

彼に不快な思いをさせてしまったのだと、焦りと動揺が走る。

けれど、なにに怒っているのか理解できていないのに、謝るのが正解なのかわからなくて……。上手く言葉にできないまま、尊さんを見ることしかできない。

程なくして、彼がさらに眉間に皺を寄せた。

（あれ……？）

ふと、胸の中に違和感が過る。

尊さんは怒っているのだと思った。

それなのに、彼の表情は怒っているというよりもどこか苦しそうで。そのせいか、思い悩んでいるようにも見える。

なにかあるのなら、ちゃんと言ってほしい。

「……いや、違うな」

そう感じたとき、尊さんが葛藤を混じらせたような声を零した。

「依茉が他の男のために着飾ってるのも、笑顔で他の男を褒めるのも、どうしても気に入らないんだ」

どうすればいいのかわからなかった私に投げられたのは、予想外の言葉。

その意味を噛み砕くよりも先に腕を引かれ、唇に柔らかいものが触れた。

「っ……」

そっと押し当てられた熱が、伝わってくる。

優しいようでいて力強くて、まるで感情をぶつけられているみたいだった。

動揺でいっぱいの私を余所に、彼は唇を離したかと思うと、再びキスをしてきた。

開きかけていた唇のわずかな隙間から、温かいものが押し入ってくる。

その正体が舌だと気づいたときには、私の舌が捕らえられていた。

「ふぅっ……！」

突然のことに、理解が追いつかない。

それなのに、捕まった舌に絡んでくる舌は、私を暴くように撫でてくる。こするようにたどり、それだけではちっとも足りないと言わんばかりにねっとりと絡めて。じっくりと味わうように、口内を我が物顔でうごめいていた。

キスを知らなかった私は、呼吸の仕方すらわからなくて、ただ翻弄されてしまう。

激しさに苦しくなって身じろいでも、いつの間にか私を抱きしめていた尊さんの腕が逃がしてはくれなかった。

ようやくして、唇と体が解放される。

気づかないうちに閉じていた瞼をそっと開けば、端正な顔が私の瞳を射抜くように見つめていた。

頬が熱くて、思考も沸騰しているように使い物にならない。

なかなか整わない呼吸音だけが、やけに響いている。

「心の準備はできたか？」

「え……？」

乱れる息の合間に声を漏らせば、彼が唇の端を持ち上げる。

そして、私の耳元に顔を近づけてきた。

「そろそろもっと夫婦らしくなろうか」

蠱惑的《こわくてき》なほど甘い囁《ささや》きが、鼓膜をくすぐる。

同時に、尊さんの手が頬に触れ、そのままピンクゴールドのバレッタを外した。

ハーフアップにしていた髪が、はらりと解ける。

落ちてきた髪が剥き出しだった耳を隠すと、彼はそれを私の耳にかけてからおもむろに唇を寄せた。

「依茉を抱きたい」

濁りのない、真っ直ぐな言葉。

尊さんの正直な気持ちだと伝わってきて、答えはひとつしか浮かばなかった。

キスをされたことも、それ以上のことを求められたことも、彼に抱いている恋心が喜びを感じている。

反面、尊さんにとってはこれもビジネスに必要なことだ……とわかっているから、悲しさも芽生えた。

けれど、彼はきっと私の心の準備ができるまで待ってくれていた。

私のペースに合わせてくれていたという優しい事実が、悲しい感情を洗い流してくれるようだった。

言葉にする勇気はなくて、それでも尊さんを見つめる。

彼は私の答えを察したのか、すぐさま私の手を引いて自身の寝室へと向かった。

初めて入った寝室は、外から見るよりもずっと殺風景に感じた。

クイーンサイズの大きなベッドと、ガラス造りのサイドテーブル。それ以外には小さな本棚くらいしかなくて、どことなく尊さんの性格が反映されている。

ベッドに寝かされた私は、覆い被さるようにしてきた彼に組み敷かれた。

「怖いか？」

不思議と不安や恐怖はなくて、心を包むのは緊張だけ。

鼓動は大きく脈打っていたけれど、これから好きな人に抱かれるのだと思うと喜びもあった。

首を小さく横に振って、尊さんを見つめ返す。

それが合図だったかのように彼の顔が近づいてきて、唇がそっと重なった——。

四　欲張る心

翌朝、目を覚ました私は、自分がどこにいるのかわからなかった。

見慣れない天井を目にしたあとで、ベッドが妙に心地好いことに気づく。

ゆっくりと体を起こすと、尊さんの寝室だとわかった。

けれど、室内に彼の姿はない。

どうするべきかと悩んでいたとき、部屋のドアが開いて尊さんが入ってきた。

「ああ、起きたのか。体は平気か？」

「っ……！　は、はい……」

単刀直入に訊かれた瞬間、頬がぶわっと熱くなった。

「朝食を用意してあるから、食べられそうならもう少し休んでから食べるといい。今夜は早めに帰る」

動揺する私を余所に、スーツを身に纏っている彼がいつも通りの口調で話す。

「ありがとうございます……。あの、すみません……」

「気にするな。昨日は無理させたからな」

昨夜の記憶を蘇らせるような物言いに、全身が真っ赤になるほど恥ずかしくなる。

「じゃあ、行ってくる」

「あの……！　あとでこのシーツを洗ってもいいですか？」

部屋から出ていこうとした尊さんを慌てて引き止めると、ククッと意地悪く笑われてしまった。

「別に気にしなくていいが、依茉が気になるなら好きにしていい」

気にするな、と言われても無理に決まっている。

そう目で訴えると、彼が楽しげな表情のままベッドの傍まで戻ってきて、私の唇にキスをした。

「いってきます」

「っ……」

挨拶も返せない私に、尊さんは小さな笑みを残してドアの向こうに姿を消す。

「ずるい……！」

悔し紛れにそれしか言えなかった上、羞恥を隠すように潜ったベッドの中で彼の匂いに包まれてますます恥ずかしくなった。

（まだ夢みたい……）

昨夜の尊さんは、キスも触れ方もとても優しかった。

まるで彼に愛されていると錯覚しそうなほど、甘く触れてくれた。

夢のような時間を思い返すだけで、嬉しくてたまらない。

それなのに、今になって少しだけ切なさも込み上げてきた。

私がどんなに尊さんのことを好きでも、彼には愛情が伴っていない。

現実を嫌というくらいに理解しているからこそ、夢から醒めるのも早かった。

(それでも、私は幸せだよね)

尊さんと結婚すると決めたとき、彼の役に立ちたいと思った。

だから、これでよかったのだ。

それに、もし尊さんと結婚していなかったら、私にもそのうち縁談が持ちかけられただろう。

あの父が、そうしないはずがない。

私も誰かと政略結婚をしなくてはいけなかったのなら、好きな人に抱いてもらえた今は幸せだ。

ビジネスのためとはいえ、彼は最初から最後までずっと優しくしてくれた。

『依茉が他の男のために着飾ってるのも、笑顔で他の男を褒めるのも、どうしても気に入らないんだ』

ベッドに入る前にはそう言われていたから、きっと優しくしてもらえないと思っていたのに……。まるで壊れ物を扱うように触れられて、喜びと同時に動揺にも包まれたほどだった。

けれど、たとえ思い込みだと言われても、大事にしてくれていると感じられた。夢現《ゆめうつつ》に抱き寄せてくれた気もしていて、それも夢じゃなかったと思う。

だったらそれで充分だ、と自分自身に言い聞かせるように大きく頷く。

愛されていると感じられるほどの甘い夜を過ごせたのだから、これ以上望んだら罰が当たるに違いない。

気を取り直すように起き上がり、グッと伸びをする。

ベッドの下の落ちていたワンピースを着てリビングに行くと、ダイニングテーブルにはローストビーフとレタスが挟まれたサンドイッチとオムレツが置いてあった。

「朝早くから、こんなに手がかかるものを作ってくれたんですか」

ここにはいない尊さんに問いかけるように、小さく呟く。

切ない感覚はちっとも消えていないのに、朝食を準備してくれる彼の姿を想像すると微笑まずにはいられなかった。

＊＊＊

お盆が過ぎても猛暑日が続き、ニュースでは毎日のように各地の最高気温が報じられている。

今日もとても暑く、日中はバルコニーに出るだけでも目が回りそうだった。

そんな八月も終わる頃、尊さんと結婚してから四か月が経った。

最近では彼の帰宅が遅くなる日が減り、夕食を共にする日が増えている。

そんな金曜日の夕食後に彼が開けてくれたワインを飲んでいると、唐突に『パーティーに同行してほしい』と言われた。

「『天羽《あもう》グループ』のパーティー？」

「ああ。宝生堂と宝生製薬の広告を依頼してる企業だ」

私も、それは知っている。

天羽グループは、あらゆるビジネスに精通している。中でも一番力を入れていると思われるのが、総合広告代理事業だ。

その天羽グループの創業記念パーティーが、明日の夜に開かれるのだとか。

「祖父と父宛てに招待状が届いてたんだが、祖父がどうしても都合がつかなくなったらしい。それで、俺が代理で出席することになったんだ。悪いが同行してくれ」

「それは構わないんですけど……私が出席しても大丈夫なんでしょうか？」

パーティーのような華やかな場は苦手だけれど、それよりも別の懸念がある。

私はまだ、尊さんの妻として周囲から認められていない。

それなのに、彼のパートナーとして公に場に出ていくことに対して、私たちの結婚に反対している人たちが黙っているとは思えなかった。

「正直、祖父も父も嫌がってはいる」

予想通りの返答には、つい頷いてしまったほど。

「だが、世間には俺が結婚したことはもう知られてる。それなのに、妻を伴わずに出席する方が色々と勘繰られる可能性があるからな。主催が天羽グループということもあって、そうせざるを得ないという感じだ」

要するに、苦肉の策といったところだろう。

尊さんには、三歳上のお兄さんがいる。

けれど、兄の要《かなめ》さんは宝生製薬で研究員をしていて、公の場には滅多に出ないというのは以前に少しだけ聞いたことがあった。

つまり、今回に限っては選択肢がなかったということだ。

「突然で悪いが、俺も帰宅途中に連絡を受けたばかりなんだ」

「大丈夫です。尊さんの妻としての役目を果たすのは約束ですから」

尊さんはわずかに眉を下げたけれど、私の言葉に同意するように小さく頷いた。

「ああ、そうだ。ドレスはあるか？」

「はい。何着かありますし、それで大丈夫だと思います」

「そうか。……いや、明日少し早く出て買いに行くか」

「え？」

「ついでにヘアメイクもしてもらうといい。店は俺が見繕っておくから」

「で、でも……」

戸惑う私を余所に、彼は「そうしよう」と微笑んでくる。

そんな顔を見せられると、承諾するしかなかった。

翌日、パーティーの開始時刻に余裕を持って家を出た。

宝生堂の運転手が運転する車で最初に向かったのは、ラグジュアリーブランドの本店だった。

「宝生様、いらっしゃいませ。ご用命のものは奥にご用意しております」

尊さんは、慣れた様子で私の腰に手を添えて歩いていく。

反して、私は彼の手にもこの状況にも落ち着かなかった。

奥にあるVIPルームに通されると、その広さと高貴さに圧倒された。

実家でもドレスを購入したり着物を仕立てたりすることはあったけれど、ここまでの扱いを受けることは初めてだ。

「依茉はどれがいい？」

「えっと……」

ずらりと並んだドレスとバッグを一瞥した尊さんが、私を見下ろす。

けれど、私は選べそうになかった。

「俺が選んでもいいか？」

すると、彼は私の戸惑いの理由を察するように微笑み、一着のドレスを手にした。

それを体にあてがわれ、たじろぎながらも大人しく待つ。

「依茉は肌が白いから、どんな色を着ても映えそうだな」

誰に言うでもなく呟いた尊さんに、スタッフが笑顔で相槌を打っている。

「奥様は華奢《きゃしゃ》でいらっしゃいますし、デコルテが綺麗に見えるデザインなんかもお似合いになるかと思います」

「確かにそうですね。……色は淡いものの方がよさそうだ」

前半はスタッフに、後半はほぼ独り言のように言われ、私は彼に渡されたドレスを持って試着室に足を踏み入れた。

パステル系のラベンダーカラーのドレスは、オフショルダーになっている。シンプルなデザインだからこそ、上品さが際立っている気がした。

スカート部分は柔らかく、くるりと回ってみるとふわりと揺れる。それでいて、膝下丈であることによって、可愛さと美しさを醸し出していた。

鏡を見ても、素敵なドレスだなと思う。

ただ、私に似合っているのかがわからなくて、尊さんに見せる勇気がなかった。

「依茉？　着替えたか？」

「あっ、はい……！」

試着室の中でまごついていたけれど、声をかけてくれた彼を待たせるわけにはいかなくて、緊張しながらもドアを開ける。

「ああ、いいな。よく似合ってる」

しみじみと零した尊さんに、スタッフも大きく頷いた。

私は面映ゆいような感覚を抱きつつも、「ありがとうございます」と返した。

「次はバッグだな。靴は本当にそれでいいのか？」

「はい。これは尊さんにいただいたものですから」

私が履いてきたのは、尊さんに初めて会った日にプレゼントしてもらったもの。

ベージュ系でシンプルなデザインながらも、上品さがあってヒールは八センチのため、パーティーにもふさわしい。

彼は「そうか」と微笑み、バッグをいくつか手にしていった。

尊さんにとっては、あの日の出来事はとりとめもないことだったに違いない。

それをわかっていても、私にとっては彼との大切な思い出の靴だから、丁寧に手入れをしながら使ってきたものだ。

程なくしてバッグも決まり、ついでに……とジュエリーまで選んでくれた。

美しい艶を纏うパールのネックレスは、先日発売されたばかりの新作なのだとか。

主張しすぎない定番のシンプルなデザインで、今日のドレスや靴にもよく合っている。

「次はヘアメイクだ。すぐ近くのサロンを予約してある」

車に乗ると、芸能人御用達とも噂のサロンに連れて行かれ、個室に案内された。

背後のソファに腰掛ける尊さんに見守られながら、ヘアメイクが施されていく。

彼はタブレットで仕事をしていたけれど、ときおり視線を感じて……。何度か鏡越しに目が合い、そのたびに恥ずかしさと照れくささでドキドキしていた。

パーティー会場は、都内にあるグラツィオーゾホテルだった。

奇しくも、ここは尊さんと姉がお見合いをした場所でもある。

あのときとは違って夜だし、今の彼の隣にいるのは私だけれど……。あれ以来、初めて訪れたため、懐かしさを感じた。

そんな私を余所に、尊さんはいつも通りの様子でいる。

「今夜は依茉を紹介する機会でもあるし、父たちのこともあるから、基本的には俺の傍にいてくれ」

「はい」

「なにかあれば、俺を頼ってくれればいい。依茉は転ばないようにだけ頼むよ」

意地悪く唇の端を上げた彼を見て、それがからかいを含んだ冗談だと悟る。

「頑張ります……」

思わず唇を尖《とが》らせそうになったけれど、前科がある私は眉を下げた。

「冗談だ。依茉が転びそうになったら俺が支える。依茉は笑顔だけ忘れないでくれ」

上質な三つ揃えのフォーマルスーツを身に纏う尊さんの頼もしい表情に、鼓動が小さく高鳴る。

ドキドキしていることを隠すように瞳を伏せながら頷き、彼に差し出された腕にそっと手を添えるように絡めて会場に入った。

パーティーは天羽グループの会長の挨拶に始まり、和やかなムードだった。

私は尊さんについて回り、紹介された人たちに挨拶をしていく。

『はじめまして、妻の依茉です。夫がお世話になっております』というセリフを、頬が引き攣りそうなほど繰り返した。

並べられたご馳走《ちそう》を口にする暇なんて、ほとんどない。

手に持っているグラスにときどき口をつけ、渇いてばかりの喉を潤すだけで精一杯だった。

「疲れただろ。あともう少しだから」

「大丈夫です。まだ頑張れます」

「依茉はよくやってくれてる。予想以上だよ」

私はただ、笑顔で挨拶をしていただけ。

それなのに、彼に労《ねぎら》ってもらえたことが嬉しくて、疲労感が吹き飛んだ。

パーティーも終わりの時間に近づいてきた頃、お義父様がやってきた。

これまで尊さんから挨拶に行く素振りはなく、ずっと会場にいたお義父様も私たちに冷たい目を向けていただけだった。

にもかかわらず、お義父様の方から私たちのもとに来たということは、なにか言いたいことがあるのだろう。

ちょうど周囲には人がいなくて、ずっとタイミングを窺っていたのだと察した。

「私が結婚を認めていないのに、よく尊の妻としてパーティーに来られたな」

予想はすべて当たっていたようで、お義父様は彼を一瞥してから私を睨《にら》んだ。

「父親も姉も身勝手で、厚顔無恥な一家だ。恥を知れ。私が君を認めることはない」

挨拶よりも先に一気に投げつけられた拒絶に、怯んで言葉が出てこない。

「俺の妻を侮辱しないでください。父親と姉のことは依茉には関係ない。それに、今日の俺たちは祖父の代理で来ています。それは了承済みのはずです」

尊さんは私を庇うように立ち、きっぱりと言い放った。

「私は納得も了承もしていない。会長の意向だから黙っていただけだ」

「だとしても、わざわざここで言うことではないでしょう。祝いの場ですよ」

真っ直ぐにお義父様を見つめる横顔には、意志の強さが表れている。

一歩も譲る気はない、と告げているようでもあった。

「まだ話があるなら、また改めて本邸でお聞きします。それから、俺たちのことを認めていただけていないのはわかってますが、近いうちにあなたを納得させるだけの成果を必ず出してみせます」

何事もなかったかのように振る舞う彼が、「行こう」と私の腰に手を添える。

尊さんが私を守ってくれたことは、とても嬉しかった。

けれど、お義父様に頭を下げることしかできなかった自分自身が情けない。

なによりも、彼の役に立てなかったことに密かに落ち込んでしまった。

そのままパーティーは終わり、尊さんは出席者の藤園拓真《ふじそのたくま》さんのもとに行った。

藤園さんは、『sorcière《ソルシエール》』というコスメブランドのCEOをしているのだとか。

国内シェアで上位を誇る『LILA《リラ》』の御曹司で元専務でもあると、尊さんが教えてくれた。

パーティー会場に入ってすぐに紹介されたため、私も挨拶だけはさせてもらったけれど、グレーが混じったような碧い瞳が印象的な男性だった。

ロビーのソファに腰掛けた私は、緊張と疲労いっぱいの息を吐く。

（結局、ほとんど食べられなかったな……。お腹空いちゃった）

帰ったらなにか作ろうと考えていると、「尊はどうした」という声が降ってきた。

「お義父様……！」

「その呼び方はやめろ。気分が悪い」

傍に立っていたのはお義父様で、その隣には女性もいた。

力強い二重瞼の目に、高い鼻筋。腰まで届きそうな、ストレートのブロンドヘア。

姉とはまた違った美しさを持つ彼女は、外国の血が入っているように見えた。

「申し訳ありません……」

咄嗟に立ち上がって頭を下げたけれど、心臓がバクバクと鳴り始めたせいで不安と緊張が顔に出てしまったのがわかった。

「それより尊はどうした」

「今、出席者の方とお話に……。少し時間がかかるようです」

私は女性の存在を気にしつつも、恐る恐るお義父様と視線を合わせる。

すると、お義父様は不服そうな顔のままため息をついた。

「先に言っておくが、尊が仕事で結果を出そうが出すまいが、私がこの結婚に賛成することはない」

お義父様の目が隣の女性に移り、彼女が微笑む。

「尊には、君よりも遥かに宝生家にふさわしい女性と結婚してもらう」

「はじめまして、奥様。長妻《ながつま》エレンと申します」

優雅で余裕のある表情に、私はたじろいでしまいそうになった。

「今のうちにせいぜい覚悟しておくことだ」

お義父様が、私を見下すように鼻先でふっと笑う。

「尊だって、いずれは君との結婚が無意味なものだと気づく。そこまで愚かに育てた覚えはないからな」

まるで、刃のような言葉たちに胸の奥を抉《えぐ》られているような気分だった。

同時に、現実を突きつけられた。

たとえば、尊さんが仕事で成果を出し、周囲の人たちを納得させられたとしても、私がお義父様に嫌われている以上は私たちの結婚が認められることはないのだ……と。

彼の役に立ちたいと思っているのに、私にはその力がない。

なにもできないどころか、相変わらず足を引っ張るばかりだ。

身を小さくすることしかできずにいると、エレンさんがお義父様に笑顔を向けた。

「お父様、そろそろ行きましょう。父が待っています」

「ああ、そうだな。こんなところで油を売ってる暇はない」

「ええ、お父様のおっしゃる通りです」

お義父様は穏やかに微笑んでいて、こんな表情もする人なのか……と驚いた。

「エレンさんまで付き合わせてしまってすまなかったね。行こうか」

仲良く並んで立ち去るふたりは、まるで家族のように見える。

義父と息子の嫁という関係性だと言われても、まったく違和感がなかった。

尊さんが戻ってきたのは、それから五分も経たない頃のこと。

「依茉、待たせてすまなかった」

「いえ、そんなに待ってませんから」

笑顔を向けると、彼は「今夜は泊まっていこう」と言い出した。

「え?」

「部屋を取っておいたんだ。家に閉じ込めてばかりだから、たまにはこういうところで息抜きをするのも悪くないだろ」

驚く私の手を引き、尊さんはエレベーターに乗り込んで上階へと向かった。

どうやらチェックインは済ませていたようで、彼がカードキーで開けた部屋の中に促される。

地上四十階から見下ろす景色は、美しい以外の表現が見つからなかった。

「わぁっ……！　すごく綺麗ですね！」

お義父様の言葉が頭から消えなくて、素直に楽しめない。

それでも、なんとか笑顔を繕うと、尊さんが私を真っ直ぐ見据えた。

「なにかあったか？」

一瞬、動揺を浮かべてしまったと思う。

「話したくないならこれ以上は訊かないが、無理に笑わなくていい」

心配してくれる彼に、どう言えばいいのかわからなかった。

今はまだ戸惑いや混乱で処理し切れていなくて、お義父様に言われたことを口にできなかったのだ。

「会場でお義父様にお会いしたとき、私……なにも言えなくて……。尊さんの役に立てなくて、申し訳なくなってしまって……」

これも本当のこと。

だからなのか、尊さんは疑う様子もなく「そんなことか」と苦笑を漏らした。

「気にしなくていい。父は頭の固い人だし、今は誰がなにを言っても俺たちのことを受け入れる気はないんだ。依茉のせいじゃない」

「でも……」

言い淀《よど》んだ私の頭を、彼がポンと撫でた。

「悪いのは、未だに周囲を納得させられていない俺だ。依茉には本当に申し訳ないと思ってる」

「そんなこと……！」

咄嗟に首を横に振れば、尊さんの瞳が穏やかな弧を描いた。

「依茉に嫌な思いをさせてしまったが、一緒に来てくれて本当に感謝してる。依茉は俺の妻としてしっかり役目を果たしてくれた。本当にありがとう」

「え？」

「だから、なにも気にしなくていい」

優しく微笑む彼に、どうしようもないほどに胸の奥が戦慄く。

そのうち本心を隠し切れなくなるんじゃないか……と思ったとき、尊さんの腕が伸びてきた。

「あのときと違って、今夜は俺のために着飾ってくれたと思ってもいいか？」

閉じ込められた腕の中で、鼓膜に甘やかな声音が響く。

背筋がぞくりと粟立って、このあとに起こることを安易に想像させられた。

顔を上げられないまま、恥じらいを抱えて小さく頷く。

すると、彼の指が私の顎を掬い、唇が降ってきた。

最初は、触れ合うだけのキス。

そして、唇を優しく食《は》まれ、舌を搦《から》め取られる。

吐息交じりに漏らした甘い声が、ふたりきりの部屋に響く。

抱き上げられてベッドに連れて行かれたときには、もう尊さんのことしか考えられなくなっていた。

肌に触れる唇が、私の体を丁寧にたどる指が、愛されていると錯覚しそうなほどに優しくて。それが嬉しくてたまらない反面、彼の心は決して私のものになることはないんだ……と思い知る。

傍にいられるだけでいいと思っていた。

けれど、今はもうそんな風に思えなくなっている私がいて、このままだと欲張りになっていく心に抗えそうになかった——。

三章　優しい真実と冷たい現実

一　嫉妬と恋情　Side Mikoto

依茉と出会ったのは二年以上前、優茉さんとの見合いの日だった。

気乗りしない縁談にため息が尽きず、父の小言を聞くのもうんざりしてホテルの庭園で時間を潰していたところ、依茉を見つけた。

といっても、彼女のことは写真で見たことがあっただけで、話したこともない。

それどころか、見合い相手の優茉さんとすら、会話をしたことはなかった。

もともと、縁談は父が持ってきたもの。

当時、俺はビジネス雑誌をメインにメディアに出ることが多く、モデルとして人気を博していた彼女もファッション誌のみならず多くのメディアを席巻していた。

ビジネス雑誌もそのひとつ。

優茉さん自身、社長令嬢ということもあり、ビジネスに関するインタビューに答えているものもあった。

そんな彼女と俺が結婚するとなると、大きな話題を呼ぶのは間違いない。

俺たちがふたりでメディアに出れば、こぞって取り上げられるだろう。

そうすれば、宝生堂だけではなく宝生グループの利益が見込めると思ってのことだった。

宝生グループは、もともと宝生製薬の利益が最も大きかった。

長年の経験と多くの実績を重ねてきたことで、市場や医療界での信頼がある。

しかし、ジェネリックが浸透するにつれて利益が横ばいになり、宝生堂と収益を二分するようになり始めた。

そこで、宝生グループの戦略として、宝生堂により力を入れることにしたのだ。

父の考えは手に取るようにわかったし、いつかは家のための結婚する覚悟ももちろんあった。

結婚自体にたいして興味がなかったため、それでいいとも思っていた。

もっと言えば、宝生堂の社長としてメディアに出るようになったことですり寄ってくる女性の多さに辟易《へきえき》し、色々と面倒になっていた……というのもある。

けれど、いざ結婚が目の前に迫ると、『どうにか破談にできないか』という気持ちばかりが強くなっていった。

そんな中、優茉さんに会うよりも先に依茉を見つけてしまったのだ。

依茉はどこか緊張した様子で歩いており、浮かない顔をしていた。

まるで、そのときの俺と同じように……。

なんとなく目を引かれて見ていると、赤ちゃんを連れていた女性とすれ違いざまにベビーカーが倒れそうになり、彼女が咄嗟に体を張って庇った。

石造りの道に膝と手をついた依茉は、自分の痛みや怪我よりも赤ちゃんの心配をしていたようで、何度も頭を下げる女性に笑顔を向けていた。

優しい子だ、と思った。

しばらく目が離せずにいた俺は、ベンチに腰掛けた依茉のヒールが折れていることに気づき、つい彼女のもとに足を向けていた。

他人にそこまで興味を示さない俺でも、さすがに見合い相手の妹が目の前で転んで放っておけるほど冷たい人間ではなかったのかもしれない。

依茉は、最初こそ俺のことがわからなかったようだった。

断りを入れてから彼女を抱き上げると驚かれたが、俺が名乗った途端に焦りを見せ始めた。

新しい靴をプレゼントしても、ただ申し訳なさそうにするだけ。

その上、自嘲交じりの表情になった依茉は、優茉さんと比べて自分を卑下するような言葉を口にした。

そのときに脳裏に過ったのは、依茉の父親と話した日のこと。

見合いの少し前に会った父親は、初対面だった俺の前で優茉さんのことを褒めたあと、『妹の方はあまり出来がいいとは言えませんので心配で……』と言った。

『優茉なら、きっと尊さんを支えていけるかと思います。妹と違って、なんでもできる娘ですから。我が子ながら、とんびが鷹《たか》を生んだと思っております』

姉を褒めるのにいちいち妹を引き合いに出すのも、妹を下げるような発言を繰り返すのも、まったくもって理解しがたかった。

不快な言葉の数々を聞き流したのは、宝生グループと家のため。

とはいえ、この父親に対して不信感が募った。

そういう経緯があったからこそ、依茉の言動を真っ直ぐに受け止め、寄り添いたくなったのかもしれない。

（ああ、この子もそうなのか……）

研究者として優秀な兄と散々比べられてきた俺は、あのとき確かにそんな風に思ったのだ。

だから、彼女にかけた言葉は社交辞令でも偽りでもなく、本心のつもりだった。

反して、疑問が芽生えた。

依茉の父親が言うような子なのであれば、咄嗟に身を挺《てい》して赤の他人の子どもを助けることができるだろうか……と。

同時に、自信がなさそうにしていた依茉のことが、芯の強い女性に見えたのだ。

さらには、俺の言葉で笑顔になった彼女を前に、年甲斐もなく胸が高鳴った。

(いや、まさか……。そんなわけが……)

動揺を悟られないように平静を装いながら、依茉から目が離せなくなっていく。

見合いの席でも、優茉さんではなく依茉が気になって仕方がなかった。

俺は、このときにはすでに依茉に惹かれていたのかもしれない。

しかし、そんな俺の気持ちを置いて、縁談は強引に進んでいった。

モデルの優茉が欲しい宝生家と、宝生家の援助が欲しい東雲家。

当人たちの意思など一切ないもののように扱われ、その日から俺と優茉さんは互いの婚約者となった。

立場上、見合い結婚は覚悟していた。

ところが、割り切ろうとしても前向きな感情は芽生えず、むしろ心のどこかではずっと依茉のことが引っかかっていたのだ。

こんなことは初めてだった。

自分の感情を押し殺すことも、家のために自分を犠牲にすることも、慣れていたはずだったのに……。心の中では、彼女の存在が日に日に大きくなっていく。

そんな中でも、俺と優茉さんは婚約者としての付き合いを続けていた。

月に一度のディナーは、決して人に見られないような場所で。本音を隠した会話はまるでビジネスのようで、関係性が深まっていく感覚もない。

夜を共にする気はなかったが、彼女自身も恋人のような関係を求めてこなかった。

一方で、優茉さんに会うたびに海外出張の土産やささやかなプレゼントを渡し、依茉にも同じように用意していた。

優茉さんは不快そうな様子もなく、笑顔で『妹が喜びます』と言うだけ。

最初こそ優茉さんに預けていたが、実家を出ている彼女に渡すよりも俺が直接届ける方が早いという話になり、早々に自分自身の手で渡す機会が訪れた。

そして、そのたびに素直に喜ぶ依茉を見て、どうしようもなく触れたくなった。

いつしか、土産もプレゼントも彼女を想って用意するようになっていたのだ。

けれど、優茉さんの婚約者という立場を忘れたことはない。

必死に平静を装い、依茉の両親への手土産も用意することで、自身の中にあるやましい感情に蓋をし続けた――。

『あなたを信頼してお願いがあります』

優茉さんから強張った面持ちでそう切り出されたのは、見合いから半年後の夜。

相変わらずビジネスの延長のような食事中のときのことだった。

『珍しいですね。私にできることなら、なんなりとお聞きします』

ブランドもの、宝生堂の新作、海外旅行に高級エステ。

思い浮かんだものは複数あったが、どれも彼女が望んでいるものではないというのはすぐに察した。

『私には大事な人がいて、彼以外の人との結婚は考えられません。どうか、この結婚を破談にしていただけませんか』

美人で聡明《そうめい》で、いつだって凛としている。

普段の優茉さんとは違った不安交じりの真剣な表情に戸惑い、頭を深々と下げられて面食らった。

『尊さんとのお見合いが決まったとき、彼とは別れました。父に反発しましたが、私が縁談を受けなければ依茉が家の犠牲になったでしょう……。それなら、私があなたと結婚する方がいいと思ったんです』

彼女との仲は深まっていなかったとはいえ、誠実な性格だというのは知っている。その顔や真摯《しんし》な様子からは、嘘を言っているようには思えなかった。

『ですが、どうしても彼への想いが消せなくて……。彼と何度も話し合い、ようやく彼も覚悟を決めてくれました』

正直、破談は願ってもいないこと。

優茉さん自身に不満はないものの、俺の気持ちは他の女性にある。

少なくとも、彼女だってその大事な人と生きていく方が幸せだろう。

『身勝手なことを言ってるのはわかってます。今さらこの結婚をなかったことにするのは簡単じゃないことも、理解してるつもりです。でも……』

ただ、宝生グループの会長と社長である祖父と父の意向はもとより、スポンサーや筆頭株主の中にも優茉さんのファンが多い。

普段は互いを睨み合う上層部たちも、この件に限っては満場一致で賛成だった。

だから、彼女との結婚をそう簡単に破談にさせられるとは思えなかった。

『どうかお願いします……。あなたに不満があるわけではありません。ですが、私の心にはもう決まった人がいるんです』

詳細を訊けば、その男性――侑吾さんとは長年付き合っていたという。

父親の画策によって一度は破局させられたが、優茉さんがどうしても諦め切れず、彼を説得してふたりで責任を取る覚悟も決めたのだとか。

話を聞きながら同情の念が芽生え、程なくしてひとつの案が浮かんだ。

『では、提案があります』

『はい。私にできることでしたらなんでもします』

真っ直ぐに俺を見た彼女に、唇の端を持ち上げる。

『代わりに、あなたの妹さんをいただけないでしょうか』

俺がそう告げると、優茉さんの顔にはみるみるうちに不快感が滲んだ。

疑問形のようでいて選択の余地がない言い方が、気に入らなかったのだろう。

『依茉を？　申し訳ありませんが、大事な妹を身代わりにするつもりはありません』

『身代わりなんて人聞きが悪い。私の勘違いでなければ、依茉さんは私に好意を持ってくれてると思います。そして、私も彼女に惹かれてる。いずれあなたと同じ道を歩ませられるであろう依茉さんにとっても、決して悪い話ではないはずです』

『妹は純粋なの。モデルとして厳しい環境で生きてきた私とは違って、箱入りで育ってきたわ。仮に依茉があなたに惹かれてたとしても、年上の男性と接する機会がないから中学生が教育実習生に憧れるようなものよ』

初めて彼女の敬語が取れた瞬間だった。

ずっと余所余所しかった半年間だったのに、互いの腹の内を曝《さら》し合ったことによって気を使う必要がなくなったからだろう。

『そうじゃなかったら？』

『尊さんのことは信頼できると思ってたけど、とんだ思い違いだったみたいだわ。私はあなたと結婚する気はない。でも、妹を犠牲にするつもりもないの』

素の態度で接してこられると、実にやりやすかった。

怒りと不快感をあらわにする優茉さんの方が人間らしくて、モデルの顔でいる彼女よりもずっと好感を抱いた。

もちろん、人として……という意味で、だけれど。

優茉さんは強気だったが、俺も折れる気はなかった。

相手も破断を望んでいるのなら、千載一遇のチャンスでしかない。

この段階ではまだ周囲を納得させる方法も、依茉を婚約者にする方法も、ちっとも浮かんでこなかった。

けれど、そんなものはあとで考えればいい。

『では、依茉さんに訊いてみるといい。私の自惚《うぬぼ》れでなければ、私が言ってることが正しいとわかるはずですから』

『バカなこと言わないでください』

『それなら、私が依茉さんを大切にできることを証明すれば、どうでしょう？　どこの馬の骨ともわからない男より、依茉さんを守る自信はありますよ』

優茉さんが言い淀むように眉を寄せ、俺を真っ直ぐに見つめてきた。

上辺だけの関係性だったとしても、優茉さんが依茉を大切にしていることはもうわかっている。

そのため、彼女を味方につける必要があった。

まずは、目の前にいる優茉さん。

次いで、宝生家や周囲の人間たちの説得。

依茉の気持ちを後回しにしてしまうことへの罪悪感はあったが、彼女を手に入れるための手段はそう多くない。

このときは、ただただ優茉さんを納得させることが先決だった。

宝生家からの援助が欲しい東雲家は、きっと俺の結婚相手が姉妹どちらでも構わないだろう……と予想がついていた。

つまり、彼女の同意さえ得られれば、あとは侑吾さんも含めた三人で今後のことを考えればいいと思ったのだ。

残念ながら、この夜に優茉さんの同意をもらうことはできなかった。

ただ、そんなことは想定内だったし、彼女が連絡してくることもわかっていた。


優茉さんからの電話で会うことが決まったのは、半月後のこと。

そのときには、彼女は依茉の気持ちを確信していたようだった。

『依茉と色々話しました』

『そうですか』

重い口調で話を切り出した優茉さんに、微笑を向ける。

『本人は必死に隠してるつもりだったんでしょうけど、あなたへの気持ちは恋でしょうね。あの子はすぐに本音を隠すくせに、嘘が下手なんです。純粋で、真っ直ぐで、世間知らずで……。まともに恋をしたのなんて、きっと初めてだと思います』

彼女は困ったように眉を下げ、けれど愛《いと》おしそうに目を細めた。

程なくして、優茉さんの表情に厳しさが宿る。

『依茉と結婚したところで、尊さんにも宝生家にもメリットはありません。それどころか、尊さんにとってはリスクが大きすぎますよね？　それでも、依茉との結婚を望むんですか？』

『ああ。そうじゃなければ、こんなバカげた提案はしない』

『私がこんなことを言える立場じゃないのはわかってます。でも、やっぱり妹を身代わりにする気はありません。だから……』

彼女は息を大きく吐き、意を決するように俺を見据えた。

『約束してください。もし依茉が望まなければ、あなたとの結婚を強要しない、と』

『はい』

『あくまで、依茉の意志を尊重してください。その上で、もし依茉と結婚することになったら、あの子を全力で守ると誓ってください』

『もちろんです。曲がりなりにも、いずれは宝生グループを背負う身ですから。依茉さんを守るためなら、私の持てる力の限りどんなことでもしますよ』

優茉さんの表情が和らぎ、交渉が成立したのだと悟る。

きっと、どこの誰ともわからない男性と結婚するくらいなら、宝生の御曹司である俺の方がいくらかマシだ……と思ったのかもしれない。

わずかな複雑さはあったが、今は前に進めるのであればなんでもよかった。

『約束ですよ。妹を守れないときには私が許しませんから』

『肝に銘じておきます』

笑顔を見せた俺が右手を差し出せば、彼女がその手を握った。

『では、今日から私と優茉さんは婚約者ではなく同志ということで』

『ええ。改めて、よろしくお願いします』

固く握手を交わし、密やかな同盟を結んだ。


それから間もなく、侑吾さんとも対面した。

優茉さんと三人で今後について話し合い、綿密に破談の計画を立てた。

表向きは婚約者として振る舞い、互いの両親とも会う。

しかし、水面下では彼女たちの結婚の準備を着々と進め、メディアで発表する日も決めた。

婚姻届の保証人の欄は、俺と侑吾さんの友人が担った。

そして、迎えた結婚発表の日。

混乱するメディア、良くも悪くも沸き立つ世論に反し、宝生家の怒りと東雲家の動揺は相当なものだった。

俺が手を貸していたなんて、誰もが夢にも思っていなかっただろう。

しかし、公表してしまえばこちらのものだ。

両親の前では驚いているふりをし、夜に宝生の本邸に足を運んだときには平静を装っていた。

けれど、依茉の顔を見ると高揚感が湧き上がってきて……。彼女のことばかり考えてしまい、どうしようもなかった。

全員が揃うのが待ち遠しくてたまらず、依茉に笑顔を向けてしまったくらいだ。

一方で、彼女の気持ちを思えば、申し訳なさや罪悪感もあった。

俺がすべてを打ち明けられるようになるまでは、依茉は戸惑いや動揺はもちろん、不安だって抱くだろう。

守るとはいっても、本心を話せないことで傷つけるときもあるに違いない。

そうならないように最大限の努力はするつもりだが、それが容易でないことも理解していた。

(すまない。できるだけ早く周囲を納得させられるようにするから、それまではどうかこの気持ちを隠させてくれ……)

想いを伝えられないもどかしさも感じる中、遅れてやってきた優茉さんと侑吾さんとさりげなく視線を交わし、作戦通りに事を進めていった——。

＊　＊　＊

腕の中で眠る依茉を見つめながら、温かい感覚が込み上げてきた。

天羽グループのパーティーのあと、取っていた部屋に連れ込んで抱いた彼女は穏やかな寝息を立てている。

こうして無防備な寝顔を見られることに、幸福感を抱かずにはいられない。

依茉の前髪にそっと触れてみる。

それだけで愛おしさが沸き上がり、我慢できずに頬や額に唇を落としてしまう。

しかし、彼女が起きる気配はない。緊張しすぎていたせいで疲れているのだろう。

パーティーでは俺の妻として紹介されることに不安があったようだが、しっかりと役目を果たしてくれた。

自信がなさそうだったのが嘘のように、凛とした振る舞いだった。

そのあたりは、やはり東雲家の令嬢だ。

旧華族であり、曲がりなりにも社長令嬢でもあるため、両親からしっかりと教育を受けてきたに違いない。

優茉さんのように堂々としているわけではないのに、依茉の笑顔に相手もつられて表情を緩めることが多く、おかげでずっと和やかな雰囲気でいられた。

穏やかに過ごせたのは、間違いなく依茉のおかげだ。

依茉は、優茉さんと比べられてばかりの自分にコンプレックスを抱いているようだが、相手を自然と笑顔にできるというのは立派な長所だ。

なによりも、依茉にはたくさんの魅力がある。

控えめでありながら芯もあり、ときおり驚くほど凛とした表情を見せる。

慣れない仕事に四苦八苦している姿を目にしたときは心配になったが、努力家な一面もあると知った。

両親には優茉さんと比べられ続けてきたようなのに、すれていないとも思う。

姉を憎んだり嫉妬心を向けたりすることもなく、心は純粋で真っ直ぐなのだ。

料理だって、とても上手い。

依茉には少しでも自由に過ごしてほしかったため、家事を求める気はなかった。

それなのに、彼女の手料理を一度食べて以降、その魅力にハマってしまった。

知らない味だったのに、舌にも体にもすんなりと馴染み、依茉らしい優しい味付けにホッとした。

彼女の料理が食べられる日は、それだけで嬉しかった。

恋愛に慣れていないのは出会った頃からなんとなく察していたが、俺が触れるだけで頬を赤くする姿など可愛くて仕方がない。

キスをすれば、恥じらいと戸惑いでいっぱいの顔をするくせに……。俺に縋るようにしがみついてくるところなんて、本当にたまらない。

恐らく、そういった行為は無意識のもので、それゆえに厄介だった。

(きっと、依茉の一挙手一投足で俺がこんなにも振り回されてるなんて、依茉は思ってもいないんだろうな)

振り返れば、依茉との結婚に至るまではあまりにもめちゃくちゃだった。

ただ、きっかけは優茉さんの言葉だったとはいえ、俺にとっては優茉さんとの婚約破棄も依茉との結婚も心から望んだこと。

けれど、事情を知らない依茉を巻き込むような形で入籍してしまったことに対しては、後悔と申し訳なさもある。

何度考えてもこの方法が最善だったと思う反面、本当にそうだったのか……という気持ちが拭えないのだ。

それは、彼女の戸惑いや不安を察するたびに、俺を責めるように心の中で渦巻いていた。

身勝手だとわかっている。

依茉を傷つけてしまったことがあるのも、自覚しているつもりだ。

それでも、彼女に真実を告げていないのには理由がある。

宝生グループとして欲しいのは絶大な人気を誇るモデルの優茉であって、東雲家自体にはなんの価値も見出していない。

そのため、俺と依茉の結婚が認められる可能性はゼロだった。

正攻法では到底叶えることなどできなかった、と言い切れる。

さらには、破談に向けて動いていたとき、優茉さんからこう告げられたのだ。

『尊さんの気持ちは、依茉にはまだ言わないで。もし尊さんが依茉に気持ちを伝えれば、素直で純粋な依茉がそれを上手く隠せるはずがないわ。そうなると、きっと反対派の矛先が依茉に向くと思うから』

彼女の言葉に同意はしたくなかったが、深く共感できた。

依茉と接する機会がそう多くない俺ですら、彼女の好意にはすぐに気づいた。

両想いだとわかれば、依茉がそれを上手く隠せるはずがない。

周囲に祝福される結婚ならなにも繕う必要はないが、俺たちには大きな壁がある。

もし、俺の気持ちが依茉にあることが周囲に悟られれば、父は真っ先に彼女の心を傷つける方法を取るだろう。

俺を説得するよりも依茉に身を引かせる方が、ずっと簡単だからだ。

だったら、俺の気持ちは彼女自身に告げずにいて、周囲の意識を俺に向けている方がよほどマシに違いない。

それと、もうひとつ。

俺と優茉さんが秘密裏に動いていることを父たちに悟られるわけにはいかない、というのもあった。

悔しくて歯がゆいが、彼女の意見は正しかった。

だから、依茉に余計な心配をかけたくなかったというのもあるが、最初からずっと本心を……彼女への恋情を、隠し続けているのだ。

そうすることでしか依茉を守れないのは、自分自身に苛立つほどに情けない。

なによりも、彼女に早く本音を伝えたくて仕方がなかった。

依茉を守るためとはいえ、彼女を騙すような形で結婚してしまったことにも、想いも伝えないままに抱いてしまったことにも、罪悪感でいっぱいだった。

　真実を依茉に言えないからこそ、きちんとすべてを片付けてから本心を告げて手を出すつもりだったのに……。小暮さんと仲がよさそうにしている彼女を見て、嫉妬心が芽生えたのだ。

　さらには、少しずつ無邪気に笑うようになった依茉を前にして、理性が限界を迎えてしまった。

　こんな状況のまま彼女を抱いていることに、少なからず後悔はある。

　一方で、俺の腕の中で甘く啼《な》く依茉に恋情は膨らむばかりで、どうしても彼女への情欲に抗えずにいた。

　一度ならず何度も体を重ねている今、自分自身が我慢が利かない人間だったのだと自覚せざるを得ない。

　もちろん、相手は依茉に限ってのことだけれど。

（こういう感覚も知らなかったな。依茉と一緒にいると、自分が自分じゃなくなっていくみたいだ）

　勝手に振り回されているだけなのに、まだ夢の中にいる彼女を前に苦笑が零れる。

　もっとこうしていたかったが、ベッドサイドに置いていたスマホが震え出した。

依茉を起こさないようにそっと、それでいて迅速にベッドから抜け出す。

スマホを片手に別室に行き、通話ボタンをタップして耳に当てた。

『和泉です。朝早くに申し訳ありません』

電話の相手は、宝生堂の秘書室長で俺の第一秘書である和泉だった。

俺より二歳上の彼は、物静かだが切れ者で、俺の良き理解者でもある。

和泉に信頼を寄せている俺は、依茉との結婚後に彼だけには真実を告げた。

そのときは『あなたらしいですね』と言いながら呆れた様子だった和泉だが、今では俺に協力してくれている。

『昨夜、お父上が『長妻薬品《ながつまやくひん》』の社長とご令嬢と食事をされたようです。やはり長妻の方は急いでいるようですね。それと、研究員の尾白《おじろ》の件についてはまだ裏が取れておりませんので、もう少し時間をください』

「ああ、わかった。だが、できるだけ早急に頼む」

『承知しております』

通話を終えたあとで、眉間に皺が寄っていることに気づく。

(あまり時間がないな……)

ため息交じりにスマホを操作し、パソコンと連携しているアドレスのメールをチェックする。

　すると、メールの内容は期待していたものではなかった。

「やっぱり一筋縄ではいかないか」

　メールの差出人は、以前から宝生製薬が欲しがっている研究者――多田《ただ》さんだ。

　一時期、ノーベル賞候補とも言われていたことがある多田さんは、優秀な兄も尊敬しているという。

　そんな彼をヘッドハンティングできないかと考え、少し前からコンタクトを取っているのだが、まだいい返事はもらえていない。

　多田さんはドイツの研究所にいる上、そもそも俺には宝生製薬に関する権限はないため、正直に言うとリスクは大きい。

　けれど、彼を宝生製薬に呼ぶことができれば、少なくとも反対派の大半を納得させられるはずだ。

　もちろん、無謀だとわかっている。

　国内では名が知れていても、宝生製薬はドイツの研究所には敵わない。

　多田さんにはそれを超えるメリットを提示しなければならず、そう簡単には首を縦に振ってもらえないだろう。

ただ、どのみち宝生製薬の未来のためにも、優秀な人材がもっと必要だ。

その上で、欲深くも俺と依茉の結婚を認めさせるためになれば……と動いていた。

もし、多田さんの心を動かすことができるとすれば、もうひとつ密かに進めている製薬会社――『友利薬品《ともりやくひん》』との業務提携についてだ。

友利薬品は小さな会社だが、新薬開発間近との噂がある。

その新薬というのが、かねてより彼が興味を持っていたものらしい。

ところが、多田さんはドイツの研究所では研究することが叶わず、今は別件に取り組んでいるというところまでは調べがついている。

つまり、友利薬品とビジネスパートナーになれれば、彼が宝生製薬に興味を持つ可能性はあるというわけだ。

(まあ、たとえ友利薬品と上手くいったとしても、多田さんが宝生製薬に来てくれる可能性は低いが……。だが、今は俺ができることに全力を尽くすしかない)

多田さんからのメールを和泉に転送すると、すぐに返信が来た。

その内容は、水面下で進めている宝生堂の新企画のこと。

業界ではこれまでにあまりない試みだが、それゆえに公式発表のときには大きな話題を呼ぶだろう。

幸いにもこちらは順調で、ときに難航しつつも上手く進んでいる。

逆に言えば、現状では順調なのは新企画だけ……ということでもある。

それでも、なんとしてでも成功させるしか、俺には道がない。

すべてが上手くいった暁には、きっと外野を黙らせることができる。

そして、そのときが来たら、ようやく依茉に想いを伝えられる。

精一杯の言葉で、胸の奥に秘め続けているこの気持ちを……。

そうすれば、本当の妻として堂々と彼女を愛することも叶うはず。

今の俺の原動力のすべては、依茉だ。

彼女をこの手で幸せにするためにも、立ち止まっている暇はない。

ベッドに戻った俺は、まだ穏やかな表情で眠っている依茉の頬をそっと撫で、まるで誓いを立てるように柔らかな唇にキスを落とした。

二　戸惑いの中にある本音

夏の暑さを残したまま、暦は九月の下旬に入った。

パーティー以降、お義父様からなにかを言われることもなく、意外にも穏やかな日常を送っている。

そんな中、私はフランス語のオンライン講座を受けるようになった。

翻訳家とは言えない程度の業務内容ではあるものの、仕事として請け負っているのなら責任が伴う。

いくらフランス語にハマっていた時期があったとはいえ、大学時代に第二外国語で培った知識では心許なく、なかなか自信がつかない。

そんな気持ちでいたとき、ジョエルさんと出会い、彼から絵本の翻訳を頼まれたことで、今まで以上にフランス語と向き合う時間が長くなった。

小さな子ども向けの絵本なのに、これが予想以上に大変だったのだ。

たとえば大人なら理解できる単語も、まだ年端もいかない子どもはわからない。

それをわかりやすく正しく訳すのは、大人に向けて訳すよりも骨が折れた。

ひとつひとつの単語や文章は難しくないのに、日本語にしたときに適切に子どもにも伝わるようにしようとすると、上手くいかないことが何度もあった。

このために日本の子ども向けの絵本を購入して、参考にしたほど。

そして、無事に絵本の翻訳を終えた今、改めてフランス語を学びたいと思った。

簡単なメールだけじゃなく、もう一歩踏み込んだことができるようになりたい。

できれば、日常会話くらいはこなせるようになりたい。

なによりも、辞書が手放せないのは仕方がないとしても、もっと自信を持って仕事に臨めるようになりたかったのだ。

そういった経緯や思いからフランス語を学び直そうと考え、ひとまず家でいつでもできるオンライン講座を選択した。

とはいえ、オンライン講座は週に二回で、講義を受けたのはまだ三回目。

現段階で成果があるかと訊かれれば、頷くことはできない。

その日は覚えているつもりでも、次回の講義のときには忘れていることもあって、講義や復習の成果はなかなか出せていなかった。

それでも、久しぶりの勉強は意外にも楽しかった。

わからないことがわかるようになると、ささやかながらも自信に繋がっていく。

そんなわけで、とりあえず少しずつ頑張っているところだ。

今はまだ、基本的な授業しか受けていないけれど……。日常会話がある程度できるようになってくれば、ビジネス会話の講座も受けてみたいと思っている。

「でも、なかなかそこまでたどりつけそうにないんですけどね」

自分の気持ちと今日の講義のことを話した私に、尊さんがふっと微笑を零した。

「なんでもすぐに成果が出ることはないだろ。きちんと勉強するのは久しぶりなんだし、ブランクがある分、時間がかかるのも当然だ。だが、まったくの初心者ってわけでもないから、少しずつ感覚を取り戻せるはずだ」

「そうだといいんですけど……。先生からは『エマは消極的なところを直せばもっとよくなるわ』って言われたので、知識以前に性格の問題かもしれません」

苦笑を返せば、彼が「ああ、なるほど」と頷く。

「確かに依茉は控えめな性格だからな」

「自覚はしてるんですけど……」

「でも、俺はそれが悪いことだとは思わない」

「え？」

「依茉は控えめだが、自分の意志がないわけじゃないだろ。それに、咄嗟に他人を助けられる強さもある。そういうところを知ってる俺からすれば、本当はしっかりとした芯があるように見えるよ」

尊さんの言葉に驚くと同時に、喜びが芽生えた。

きっとお世辞だと思うのに、彼からそんな風に言ってもらえたことが嬉しい。

それだけで、沈みかけていた気持ちがぐんと浮上した。

「いずれにせよ、焦る必要はないし、少しずつ頑張ればいい。フランス語なら俺も教えられるから、言ってくれればいつでも協力する」

「ありがとうございます」

尊さんがフランス語を話せると知ったのは、オンライン講座を受けようか悩んでいたときだった。

私が相談すると、彼に『俺が教えようか』と言われたのだ。

姉からは、尊さんは英語が堪能だとは聞いていたけれど、フランス語までできるとは思っていなかったため、まずは驚いた。

そのあとで、彼の申し出は丁重に断った。

(尊さんに教わるのって、なんだか緊張しそうだし……。絶対に集中できないよ)

間違えたり、ちっとも理解できなかったりしたら、恥ずかしいとか。

わからないことを素直に尋ねる勇気がないかもしれない、とか。

もちろん、そういう気持ちもあった。

けれど一番は、尊さんが隣や正面にいる状態で、勉強に身が入るとは思えなかったから。

昔読んだ少女漫画のヒロインのように、家庭教師のヒーローに見惚れてしまうに違いない……なんていう情けない理由で、『講座を受けます』と答えた。

そのときに口にした『尊さんはお忙しいですから』というのも本心だけれど、大きな理由は彼への恋心に邪魔をされそうだった……ということだ。

「もうこんな時間か。そろそろ寝室に行くか」

ぼんやりとしていると、尊さんが不意に私をじっと見つめた。

「あ、はい。じゃあ、おやすみなさい」

咄嗟にそう言った私に、彼の眉が不服そうに寄せられる。

「そうじゃない」

大きな手が私の頬に触れ、傾けるようにして端正な顔が近づいてきた直後。

「尊さん……！」

私の声を呑み込むように唇を重ねられ、チュッと音を立てて離れていった。

わざとらしいほどのリップ音が、妙に鼓膜に残る。

「今夜は俺の部屋においで」

たじろぐ私の耳元で、尊さんが甘い誘惑を落とした。

最近、彼はこんな風に私を誘うようになった。

甘く優しく魅惑的な言葉で、私を寝室に連れ込もうとしてくる。

まるで、本当の恋人や夫婦のように思えるくらい、それはもう自然に。

しかも、わりと頻繁に。

「で、でも、今日は木曜日ですし……」

「ああ。だから、ちゃんと手加減する」

私がどぎまぎしていても、尊さんは涼しげな顔で私を捕らえにくるのだ。

きっと、彼は私がドキドキしていることはお見通しで。その上で、こんな風に誘ってきているに違いない。

鼓動はすでにうるさくて、羞恥も緊張も相変わらず大きいのに……。真っ直ぐな瞳を前に、どうしたって抗える気がしない。

その予想通り、私は今夜も尊さんの寝室に足を踏み入れ、彼の腕の中で甘やかな夜を過ごした――。

＊　＊　＊

数日後、私は小暮さんとのランチミーティングのために、近所のカフェを訪れた。

「紹介ですか？」

「ああ。俺の幼なじみが、フランス語を訳せる人を探してるらしいんだ」

そこで、彼から知人に私を紹介したいと言われた。

その女性が、趣味で作っているアクセサリーをネット販売していたところ、どうやらフランス人らしき女性客から問い合わせがあったのだという。

ただ、ネットで翻訳してみてフランス語だとはわかったものの、上手く翻訳できずにやり取りが進んでいないみたい。

そこで、彼女は小暮さんに相談し、彼は私を紹介することを提案してくれた。

「彼女は子どもがいるから家事や育児の空き時間でアクセサリーを作ってるんだけど、いずれはちゃんと仕事にしたいらしいんだ。で、今回はどうもオーダーメイドで注文したいってお客さんらしくて、通訳できる人を探してるって」

「私でいいんですか？」

「うん。依茉ちゃんは真面目で努力家だし、安心して紹介できるよ」

迷うことなく言い切られて、喜びと面映ゆさに包まれる。

「ありがとうございます」

私が満面の笑みを浮かべると、小暮さんが頬をわずかに赤らめた。

「えっと、じゃあ、あとで依茉ちゃんの連絡先を伝えておくね。……そういえばさ、最近は旦那さんとどう？」

そんな彼を怪訝《けげん》に思っていたけれど、急に尊さんが話題に上がってそれどころじゃなくなった。

「夫は優しいです。前よりもずっと、優しくしてもらってます」

「そっか。へぇ、そうなんだ……」

「はい」

尊さんを想うと自然と笑みが浮かび、けれどその直後にはお義父様のことが脳裏に過って浮かない気持ちになってしまう。

「どうしたの？」

そんな私の変化に、小暮さんはすぐに気づいたようだった。

微笑むだけにとどめると、彼が困ったように眉を下げる。

「依茉ちゃんはすぐ抱え込むみたいだけど、もっと周りに甘えていいと思うよ。俺には言いにくいかもしれないけど、話くらい聞けるよ？」

別に落ち込むほど悩んでいるつもりはなかったのに、小暮さんの優しさについつられてしまう。

「尊さんと一緒にいると、ときどき苦しくなるんです……」

気づけば、心に押し込めていた不安を口にしていた。

「私は、尊さんの力になれないんだって……」

優しいキスも、甘い情事も、私を幸せにしてくれる。

その一方で、尊さんがひとりでこの結婚に対する障壁と向き合っているのだという事実が、私に自分自身の無力さを幾度となく痛感させた。

彼の役に立ちたいのに、なにもできない。

せめてお義父様とはきちんと対峙《たいじ》しなければいけないのに、それすらできないどころか、なにも言えなかった。

挙げ句、尊さんの婚約者候補まで紹介される始末。

このままだと、私はただ彼に迷惑をかけるだけの存在でしかない。

しかも、尊さんの好きな人はたぶん姉で、私はその妹。

彼にとっては、とんだお荷物なんじゃないだろうか……と考えて、不安でたまらなくなるときがある。

「旦那さんに愛されてる自信がない？」

「え……？」

唐突に寄越された〝愛〟という言葉に、自分の顔が強張ったのがわかった。

愛されている自信なんてあるわけがない。

私は尊さんの好きな人の妹で、彼は未だに恋情を募らせているのかもしれない。

姉が結婚を発表した日の夜、宝生の本邸で見た尊さんはその場にいた誰よりも落ち着いていたけれど……。今にして思えば、それだって本心を隠すしかなかっただけだとも考えられる。

こんなに近くにいて、寝食を共にしているのに、私には彼の心が見えない。

それが歯がゆくて、不安で、苦しかった。

「依茉ちゃん？」

なかなか答えない私を、いつの間にか小暮さんが心配そうに見ていた。

けれど、尊さんを悪く思われたくなくて、曖昧に微笑むことしかできなかった。

少なくとも、彼がいなければ東雲家も東雲貿易も破産していただろう。

今の東雲家への援助は、尊さん個人がしてくれているものだ。

そんな彼に、どうしても悪いところや落ち度があるとは思えない。

むしろ、尊さんだって被害者なのだ。

姉には姉の事情や思いがあって、ずっと実家を援助してくれていたのだと知ったからこそ憎んだりはできないけれど……。それでも、彼を傷つけたであろう姉に対して思うところがないわけじゃなかった。

「答えられないってことは、図星なんだよね」

「いえ……そういうわけじゃ……。あの、変なことを言ってしまってすみません。私は大丈夫ですから」

うっかり話してしまったことを後悔し、同時に反省もした。

いくらなんでも、小暮さんに言うようなことじゃなかった。

「俺にしない？」

気まずさを感じていると、不意に彼が私を真っ直ぐ見つめてきた。

「え……？」

その意味を噛み砕けない私に、小暮さんが意を決したような面持ちになる。

「好きなんだ。一生懸命なところとか、素直な笑顔とか、本当に可愛いと思う。既婚者だってわかってても惹かれていく気持ちが止められなくて、いつの間にか依茉ちゃんに振り向いてほしいと思うようになってたんだ」

混乱する私に反し、彼は真剣な目をしていた。

「俺なら依茉ちゃんを大事にする。こんな風に悩ませたりしないし、笑ってもらえるように努力する。今すぐじゃなくていいし、依茉ちゃんが離婚するまで待つから」

小暮さんが冗談で言っているわけじゃないのはわかる。

ただ、彼の気持ちを聞けば聞くほどに、自分の心が動かないことに気づかされた。

私はきっと、自分で思うよりもずっと尊さんのことが好きなんだ……と。

そして、どんなことがあっても、誰になにを言われても、私が一緒にいたいのは彼だけだ……と。

「ごめんなさい……」

答えるまでに考える時間は必要はなかった。

だって、尊さんに必要とされていないという現実を知っていても、私は彼の傍にいたいから。

「小暮さんには感謝してます。私に仕事をくださって、失敗しても見捨てることもなく、仕事に繋がる紹介もしてくださって……本当に感謝しかありません。でも、私が好きなのは夫なんです。それだけはこれからも変わらないと思います」

この言葉を尊さんに伝えられたら、どんなによかっただろう。

けれど、彼には言えない。

いくら温室育ちの世間知らずでも、そんな無神経な発言をするほど身の程知らずじゃないつもりだから……。

「そっか。……うん、そうだよなぁ」

程なくして、小暮さんが納得するように小さく頷いた。

「依茉ちゃんが旦那さんを好きなのはわかってたし、そういう返事になるのも当たり前だ。俺の方こそ、気まずい思いをさせてごめんね」

「いえ……」

「できれば、これからも仕事上の付き合いは続けてくれるかな？」

彼の優しさがわかるから、遠慮や余計な気遣いは不要だと察する。

「もちろんです。これからもぜひよろしくお願いいたします」

「ありがとう」

小暮さんは少しだけ寂しそうにしつつも、いつも通りに笑ってくれた。

それだけで心がわずかに軽くなって、彼の思いやりに感謝の気持ちが芽生える。

私は笑顔の奥に気まずさを隠し、平静でいられるように振る舞った——。

帰宅しても、なんだか落ち着かなかった。

今夜は尊さんは会食のため、夕食は自分の分だけ準備すればいい。

ただ、食欲が湧かなくて、作り置きしていた野菜スープだけを食べてぼんやりと過ごしていた。

（よく考えたら、大人になってから初めて告白されたんだ……。すごく真剣に伝えてくれたのに、あんな風に言ってよかったのかな。もっと他に言い方があったのかもしれないよね。それに、これからどんな風に接すればいいのかな……）

これまで通りにすればいいと、頭ではわかっている。

とはいえ、次に小暮さんと話すときには、きっと気まずくなるに違いない。

彼も気を使ってくれるだろうけれど、申し訳なさを抱きながらも心が重くなった。

「ただいま。まだ起きてたのか」

「あっ、おかえりなさい。なんだか眠れなくて……」

「そうか。なにか飲むか？」

帰宅早々、気遣ってくれる尊さんに慌てて首を横に振る。

「いえ、大丈夫です。尊さんこそ、なにか食べたり飲まれたりしますか？」

「いや、いい。先にシャワーを浴びてくる」

リビングから出ていった彼を見送ると、無意識のうちに息を吐いていた。

なんとなく先に眠るのは気が引けて、明日の朝食の下拵《ごしら》えに取りかかる。

最近になって、尊さんも朝食を食べてくれるようになった。

朝はコーヒーしか飲まない彼のことが心配で勧めてみたところ、意外にもすんなりと受け入れてくれたのだ。

ただ、今まで朝食を摂る習慣がなかった人にとっては、あっさりしたメニューの方がいいはず。

だから、食べやすいであろう和食を中心に出すようにしている。

焼き魚や煮魚、だし巻き卵。野菜をたっぷり使ったお味噌汁や、サラダ。炊き立ての白米や、おにぎり。

それらをローテーションで並べているけれど、尊さんは毎朝完食してくれている。

空っぽになったお皿を見るのが嬉しくて、次第に夕食と同じくらい気合いが入るようになった。

「朝食の準備をしてくれてたのか」

「はい。明日は鮭を焼きますね」

「ありがたいが、無理はしなくていいからな」

気遣ってくれる彼に笑顔を返して程なく、片付けまで終わった。

「打ち合わせはどうだった？　今日はランチミーティングだと言ってただろ」

「実は、小暮さんのお知り合いの方を紹介していただくことになりました」

「知り合い？」

「幼なじみの女性だそうです。まだ連絡先を交換したばかりなので、どうなるかはわからないんですが」

そう前置きしたあとで、紹介してもらうことになった経緯を話した。

「なるほど。そういうパターンもあるのか」

「今どきというか、個人のネット販売ですごいですよね」

「ああ。だが、ビジネスはなにげないところから縁が繋がっていく場合もあるし、今回の紹介でも仕事に繋がるといいな」

「はい」

改めて、小暮さんに感謝の気持ちが芽生える。

同時に、昼間に彼から告白されたことを思い出し、頬が少しだけ熱くなった。

「どうした？」

「え？」

「顔が赤い。熱でもあるんじゃないのか？」

「い、いえ……！　そういうわけじゃないんです！」

咄嗟に首を横に振ると、尊さんの表情に怪訝さが浮かぶ。

「もしかして、小暮さんとなにかあったのか？」

すぐに図星を突かれて、ごまかす暇もなく顔に出してしまったことに気づいた。

「……まさかと思うが、告白でもされたんじゃないだろうな」

疑問形よりも断言に近かった口調は、確信を抱いていると言いたげでもあった。

極めつきに頬の熱が上昇した私を見れば、答えはおのずとわかったに違いない。

直後、彼がチッと舌打ちした。

「人の妻を口説くとは、いい度胸をしてるな」

不快感を隠さない、不機嫌な面持ち。

端正な顔は苛立ちで歪《ゆが》み、その目はおもしろくないと言わんばかりに私を見る。

それから三秒もしないうちに、私の体が宙に浮いた。

「きゃっ……！」

私を抱き上げた尊さんが、足早に廊下に出る。

そのまま寝室に連れて行かれ、ベッドに下ろされたかと思うと、彼に覆い被さられた。

尊さんと視線が交わり、次の瞬間には唇を奪われる。

「んんっ……！」

最初から容赦なく舌を滑り込ませてきた彼は、私の舌をあっという間に捕らえると、不機嫌さをぶつけるように強く吸い上げてきた。

苦しいのに、背筋が粟立って……。体が勝手に反応してしまう。

何度も口内を探るようにたどる舌は、また舌を捕まえては吸い上げて。そうして再び歯列をなぞり、私の蜜情を煽《あお》ってくる。

激しいのに甘やかなそのキスの嵐に、私はあっという間に心ごと捉えられていた。

「依茉も、もっと俺の妻であることを自覚しろ。前から思ってたが、依茉は無防備すぎる。自分の魅力をちっともわかってない」

ようやく唇が解放されたかと思うと、不満そうな顔を向けられていた。

「でも……お姉ちゃんなら魅力的ですけど、私は……」

整わない呼吸の合間に戸惑いつつも返せば、彼の眉間の皺がいっそう深くなった。

「だったら、依茉が自分の魅力を理解できるまで抱こうか」

その囁きに目を丸くした刹那、唇が塞がれてしまう。

さきほどよりもずっと激しいキスを与えられ、思わず尊さんの服の胸元を掴んでしまっていた。

「こういうのも無意識なのが、本当にタチが悪いな」

彼の言葉を噛み砕く余裕なんてない。

口内は熱い舌に懐柔され、ルームウェアを捲った骨ばった手が素肌に触れる。

弱い部分をなぞられるたびに腰が戦慄き、唇からは吐息交じりの甘ったるい声が漏れて……。たいした時間も要さずに、私の体は呆気ないほど簡単にとろけていく。

尊さんの気持ちはわからないのに、彼の激しい情欲を受け止めていると心も体も悦びに包まれて、思考はどんどん深い海の底に沈んでいった。

今までで一番激しく抱かれた夜。

甘い波に翻弄される中で、ただ尊さんしか見えなくて……。彼とふたり、まるで世界から切り離されたように思えた。

三　芽生え

あの夜から、一か月が過ぎた。

意識がなくなるほど激しく抱かれたのは、たった一度きりのこと。

尊さんは相変わらずなにを考えているのかわからないときばかりで、良くも悪くも普段通りの態度だった。

あの日のことは、まだ鮮明に覚えている。

彼が私の体を甘く激しく執拗《しつよう》に責め、『もう無理』と懇願してもやめてくれなかったのは、初めてだった。

尊さんのそんな態度に、嫉妬かと考えてしまったこともあるけれど……。

（ありえないよね）

そのたびに同じ答えが浮かび、期待を振り払うように首を横に振っていた。

結婚当初にいくら『仮面夫婦』と言われていたとはいえ、自分の妻が他の男性に口説かれたら気分が悪くなるに違いない。

だいたい、彼は一度、姉から裏切られるような形で婚約破棄をしている。

外聞が悪く、尊さんの立場がなかったのは言うまでもない。

そこに私への浮気の疑いがかかれば、あのときよりももっと周囲の目は厳しくなって、必然的に彼の立場だって悪くなるはず。

(ちゃんとしないと、尊さんにも迷惑がかかるってわかってたのに……)

つまり、あのときの尊さんの態度は嫉妬なんかじゃなくて、単なる不快感だ。

そのせいで、彼はあんな行動に出たのだろう。

(私、また足を引っ張るようなことしちゃった……)

相変わらず反省することばかりで、大きなため息を漏らしてしまう。

一方で、姉と婚約破棄をしたときですら冷静だった尊さんらしくない振る舞いは、彼の人間らしい一面が見られた気もしていた。

そして、あの日以降、尊さんはどこか変わった。

(最近の尊さんは前より優しくなったっていうか……。なんだか、雰囲気が甘いんだよね)

初めて抱かれた夜から、彼との距離は少しずつ縮んできたと思う。

恋人同士のような甘い雰囲気はなくても、スキンシップが増えていくたびに私たちの関係性も前に進んでいるように感じるのは、たぶん私の気のせいじゃない。

それが、最近になって以前とは違う空気を纏うようになったのだ。

なにげないタイミングで、キスをされることがある。

抱き合う回数とともに、体を重ねなくても一緒に眠る日が増えた。

そうしたときにも尊さんは私を抱きしめて眠り、朝になったら『おはよう』という言葉とともにキスが降ってくる。

そのときはもちろんドキドキするし、今だって彼の態度を思い出すだけでなんだかソワソワしてしまう。

胸が締めつけられて苦しい。

それなのに、同時に甘やかな感覚がじんわりと広がっていく。

明らかに甘くなった日々の中で、尊さんへの恋心がどんどん膨らんでいた。

「ダメだ……。集中できない」

今日のオンライン講座の復習をしていたけれど、彼のことばかり考えてしまって勉強に身が入らず、仕方なくノートパソコンを閉じた。

リビングに行くと、ソファに座っていた尊さんがタブレットから顔を上げた。

「まだ寝ないのか？」

「いえ、もう寝ます」

「じゃあ、俺も切り上げるよ」

その言葉で、今夜の私が〝どちらで眠るのか〟が決まった。

先に歯磨きをしてリビングに戻れば、交代で彼が洗面台に向かう。

このあとのことを想像するだけでドキドキして、待っている間はずっと身の置き場がないような気持ちでいた。

程なくして、尊さんが戻ってくる。

「おいで」

小さく頷くと、手を引かれて彼の寝室へと連れて行かれた。

尊さんが、私を先にベッドに入れてくれる。

(今日は〝しない日〟だ)

彼の行動で、少しだけ緊張が解れた。

たとえば、尊さんが私を抱く日なら、寝室に入ってすぐに抱きしめられたりキスをされたりすることが多い。

逆に、ただ一緒に眠るだけなら、彼は先に私にベッドに入るように促してくれる。

そのあとで、尊さんもベッドに横になるのだ。

「寒くないか?」

彼は体を横たえ、当たり前のように私を抱き寄せる。

硬い胸の中に収まりながら、緊張がバレないように息を小さく吐いた。

「はい。今日は昼間も暖かかったですし……。尊さんは？」

「依茉を抱きしめてるから平気だ。依茉は体温が高いだろ」

「そうかもしれません」

なんでもない、他愛のない会話。

今夜はただ一緒に眠るだけだとわかっているのに、それでも私の鼓動はドキドキと脈打つ。

あまりにもうるさくて、尊さんに聞こえるんじゃないかと心配になった。

「依茉はあったかいな」

ぎゅうっと腕に力を込められ、拍動がさらに大きくなる。

力強い感覚は伝わってくるのに、痛くはない絶妙な加減をしてくれている。緊張の中、少しずつ心地好くなっていった。

うつらうつら、瞼が落ちていく。

彼の匂いを感じながら微睡《まどろ》んでいると、額にそっと温もりが触れた気がした――。

十月下旬のある日、小暮さんから電話がかかってきた。

内容は『急いで訳してほしいメールがある』というだけのもの。

用件を聞いて、五分もせずに電話を切った。

告白をされてから、彼とは電話とメールのやり取りばかりで一度も会っていない。

恐らく意図的にそうしてくれていて、おかげで気まずさはなくなってきた。

電話での小暮さんの態度も普通で、告白の件に触れられることはない。

変わったことと言えば、プライベートなことを話さなくなった。

今日も『最近は昼間も寒くなったね』と言われ、軽く天気について触れたくらい。

当たり障りのない会話以外は、業務内容を交わして終わる。

けれど、私はそんなやり取りにホッとしていた。

もしお互いに告白の件を引きずるような態度だったら、まだまだ気まずさでいっぱいのままだったはずだから。

そうなると、必然的に仕事がやりづらくなる。

もっとも、一か月を経て気まずさが和らぎつつあるのは、彼が気遣ってくれているからだとわかっている。

だからこそ、私もできるだけ普段通りの態度でいられるように努めていた。

（ひとまず頼まれたメールを訳そう。他の仕事は後回しでも大丈夫だし）

現在は、小暮さん以外にも、彼の幼なじみの女性から受けている仕事がある。

さらには、ジョエルさんからまた新しい絵本を預かっていて、二週間後までに翻訳をして返す約束をしている。

少しずつ、ほんの少しずつだけれど、着実に仕事は増えている。

あくまで紹介ばかりだから、今後もこれだけで仕事になる見込みはないものの、成果が目に見えるのは嬉しかった。

結婚した当初には、いったいどうして過ごそうかと戸惑っていたのに……。今は毎日が充実していて、たまに昼食を摂り忘れるときもある。

それくらい忙しくしていると、悶々と悩んだり思考が変な方向にいったりする暇もなくて、それはそれでよかった。

「あっ、明日で半年になるんだ」

ふとスケジュール帳を確認して、目を小さく見開いてしまった。

明日で、尊さんと籍を入れてちょうど半年になる。

記念日を祝ったことはないけれど、なんだか感慨深くなった。

最初は、青天の霹靂。

彼と結婚する役目が私に回ってくるなんて、想像もしていなかった。

私の心を置き去りにしたように目まぐるしく準備が進んでいき、あっという間に入籍日を迎え、それと同時に同居も始まった。

初日は、とにかく不安と緊張でいっぱいだった。

その上、『仮面夫婦』を言い渡されたときには、動揺と切なさに包まれた。

まともにデートもせずに始まった新婚生活は、恋愛ドラマや漫画で見るような甘い展開は微塵もなくて。ただただ、尊さんの迷惑にならないように……ということばかり考えていた気がする。

一緒に食事を摂ることもなければ、会話もあまりない。

そんな中で、恋愛経験がない私は、どうすればいいのかわからなかった。

けれど、あれから半年が経つのだ。

余所余所しいだけだったふたりの関係性は、今もまだどこか薄い壁がある。

一方で、夫婦としての時間を築き、色々なことが変わってきた。

仮面夫婦でも、少しは夫婦らしくなれているのだろうか。

キスをして、抱かれて……。

そんなことを繰り返すたびに本当の夫婦に近づけている気がしてしまうのは、私の浮かれた妄想に過ぎないとわかっている。

それでも、結婚当初とは確実に変わった彼を前にすると、勘違いしそうになる。

もしかしたら、ずっと一緒にいられるかもしれない……と。

最近の尊さんは、以前よりもずっと優しくて。私の恋情はより大きくなって、自分でもどうしようもないところまできていた。

けれど、彼がどんなに優しくても、愛されているわけじゃないとわかっている。

だからこそ、折に触れて〝離婚〟という言葉が頭に過った。

そのせいで、どうしても幸せに浸り切ることはできない。

結婚の経緯を考えれば、仕方がないとわかっているのに……。頭と心は乖離《かいり》していて、上手く感情を抑え切れなくなりそうで怖かった。


翌朝、家を出る前の尊さんに「依茉」と呼ばれた。

「はい」

「今夜、空けておいてくれ」

「わかりました。なにか急用ですか?」

「いや、急用じゃないが……久しぶりにディナーでもどうかと思って」

突然の誘いに、私の顔にパッと笑みが浮かんだ。

「いいんですか？」

「ああ。最近は外で食事をする機会もなかったし、今夜はゆっくりしよう」

「ありがとうございます」

奇しくも、今日は半年記念日だ。

ただ、彼にはそんな意図がないことくらい理解している。

仕事に追われる中、たまたま都合がついたのが今日というだけに違いない。

それでも、とても嬉しかった。

尊さんは、十九時に予約を入れていること、お店までタクシーで行くようにと言い置き、仕事に出掛けていった。

彼を見送ったあとも、頬が綻んでしまうのを止められない。

けれど、のんびりしている場合じゃないと自分自身に言い聞かせ、ひとまず頭の中で今日のスケジュールを組み立てた。

午前中のうちに明日の朝食の準備と掃除をし、午後からは仕事をしよう。

最近になって、私は尊さんの寝室や書斎も掃除をさせてもらうようになった。

彼と体の関係を持つようになったことで、どうしてもハウスキーパーに寝室に入られることに抵抗感を持ってしまったのが一番の理由だ。

はっきりとそれを伝えられなかったものの、尊さんはなんとなく私の気持ちを察してくれたようで、『依茉が気になるなら頼むよ』と苦笑を返された。

彼からは『無理はしなくていい』とも言われているけれど、私としてはふたりで使っているベッドを他人に見られるよりは自分の手間が増える方がずっといい。

ハウスキーパーには、週二回だったところを週一回にしてもらった。

今は、バルコニーや大きなガラス窓、壁やライトなど、私がやりづらい場所の清掃をお願いしている。

「よし、やろう！　あっ、服も考えなきゃ」

午前中は予定通りにタスクをこなし、午後からは仕事に取りかかった。

そうしているうちにいつの間にか日が暮れ始めていて、十七時を過ぎたタイミングで身支度を整えるためにノートパソコンを閉じる。

クローゼットから出しておいたフォーマルワンピースに着替え、髪は天然パーマを活かした緩めのハーフアップにした。

（おかしくないかな？）

ワンピースは、生地全体にレースがあしらわれている。

五分丈のフレア袖は可愛いけれど、スカートは膝下丈だから甘すぎず、きちんと上品さもある。

色はくすみ系のパープルに似たスモークピンクで、派手じゃないのに華やかだ。

パンプスは、尊さんにプレゼントしてもらったものに決めている。

メイクや髪がおかしくないか何度も確かめ、トレンチコートを羽織ってコンシェルジュに呼んでもらったタクシーで待ち合わせ場所に向かった。

すっかり日が暮れた街には、ちょうど会社帰りの人たちが行き交っている。

渋滞に巻き込まれないか心配になったけれど、どうにか余裕を持って目的地にたどりつけた。

コートの下はワンピース一枚だから、肌が少しずつひんやりとしていく。

けれど、彼が来てくれるのを待っている今はワクワクして、寒さなんて気にならなかった。

「依茉。悪い、待たせたか?」

「いいえ、私もさっき着いたばかりです」

どこからか走ってきた尊さんは、わずかに息を切らせている。

こんな彼は珍しくて、それだけでなんだか嬉しくなった。

「なんだ？」

笑みを零した私に、尊さんが怪訝そうな顔をする。

「いえ。お仕事お疲れ様でした」

「ああ。ありがとう」

彼は小さく頷くと、私の手を取って歩き出した。

三分も経たずに着いたのは、フランス国旗が掲げられた白亜の建物だった。

立派な門を通り抜ければ、手入れされたバラ園に迎えられる。

さらに歩くと、流線のようなデザインの支柱が数本並び、その向こうにお城で使われているような両開きのドアがあった。

ドアの前にはウェイターが立っていて、「いらっしゃいませ」という言葉とともに店内に促される。

「素敵なお店ですね」

「気に入ってくれたならよかった」

螺旋《らせん》状の階段を上がっていき、二階の個室に通される。

カーテンが開けられたアーチ窓からは、さきほどのバラ園とともにこの建物と合わせたようなデザインの噴水が望めた。

まずは運ばれてきたシャンパンで乾杯をしようと、グラスを掲げる。

すると、尊さんが柔らかな微笑を浮かべた。

「今夜は結婚半年のお祝いだ」

「え……？　覚えてくれていたんですか？」

「当たり前だろ。そのために誘ったんだ」

半年記念日なんて、彼は興味がないと思っていた。

それなのに、偶然じゃなくてあえてこの日にディナーに誘ってくれたのだと知り、胸の奥がきゅううっ……と締めつけられた。

とても嬉しくて幸せなのに、なんだか泣いてしまいそうになる。

けれど、今夜は笑っていたくて、笑顔を返した。

「半年間、ありがとうございました。これからもよろしくお願いします」

「こちらこそよろしく」

どれだけ先があるのかわからないのに、尊さんの言葉ひとつでまた幸福になれる。

まだ知らない未来に怯えるよりも、今はこの感覚を噛みしめていようと思った。

「おいしいです」

ノンアルコールのシャンパンを一口飲んで微笑んだ私に、彼は「そうだな」と相槌を打った。

帆立の焼き霜といくらのマリネの前菜に始まり、ポワソンのクルートで覆われた鮭児のグリエやアントレの黒毛和牛フィレ肉のポワレまで、どれも絶品だった。

季節の野菜と海鮮もふんだんに使われていて、盛りつけも鮮やかで美しい。

「鮭児をグリエにするなんて贅沢ですね」

「ああ。基本は寿司や刺身のように生で出されることが多いし、火を入れるのはもったいないと言われてるからな」

グリエと言っても、火はほとんど入っていないだろう。とろけるような食感だったのに、炙ったような香ばしさが最高だった。

アントレも、A5ランクの中でもさらに希少なものを使っていたみたい。

デセールまで堪能したあとは、お腹がはち切れてしまいそうだった。

「そうだ、依茉」

コーヒーを飲んでいると、不意に小さな箱を差し出された。

「半年の記念に」

目を大きく見開く私に、尊さんは「好みに合うといいんだが」とほんの少しだけ不安そうに微笑む。

「え……？　でも……」

「依茉のために選んだんだ。受け取ってくれると嬉しい」

戸惑っていたけれど、彼に促されておずおずと受け取る。

「ありがとうございます。開けてみてもいいですか？」

「ああ」

ネイビーのリボンをそっと解き、真っ白な箱を開けた。

「綺麗……」

中に入っていたのは、華奢なシルバーのブレスレット。

一粒だけの小さなダイヤモンドは主張しているわけじゃないのに存在感があって、キラキラと輝いていた。

私を見つめていた尊さんが、安堵交じりに瞳を緩める。

「手を出して」

言われるがまま左手を出せば、私の手首にブレスレットをつけてくれた。

「よく似合ってる」

白い肌の上で光るジュエリーは、控えめでありながら輝きがある。

どんな服にも合いそうで、なによりも私の好きな雰囲気だった。

「すごく素敵です」

「よかった。依茉は派手なものより、こういうデザインの方が好きなんじゃないかと思ったんだ」

「はい。あの……でも、私はなにも用意してなくて……」

気が利かなかった自分自身に、肩を落としてしまう。

私も彼へのプレゼントを用意しておけばよかった……と、心底後悔した。

「そんなこと気にしなくていい。俺は、こうして一緒にいてくれるだけでいいんだ」

優しい言葉に、胸の奥から喜びが突き上げてくる。

同時に、切なさにも見舞われた。

喜びも幸福感も、確かにある。

それなのに、尊さんに優しくされればされるほど、うっかり期待してしまいそうになる。

いつか彼に愛される日がくるんじゃないか……なんて。

頭ではありえないとわかっているはずなのに、心が無謀な夢を見ようとするのだ。

立場をわきまえなければいけないと、何度も何度も自分自身に言い聞かせてきているのに、尊さんの言動ひとつで翻弄されてしまう。

彼にとって深い意味がないことでも、私にとっては大きな意味を持って……。欲張りになっていく心が、私たちの関係に未来があることを願わずにはいられない。

今夜は、ただ笑顔でいたかった。

ところが、上手く笑えなくなっていく気がする。

嬉しいのも幸せなのも間違いないのに、尊さんへの想いが私の心を苦しめる。

けれど、彼の前ではなんでもないふりをするしかなくて、美しい輝きを放つブレスレットを右手でそっと包むようにして微笑んだ。

＊＊＊

十一月に入ってすぐ、私は目の前の光景に言葉を失くして瞠目《どうもく》した。

「嘘……。陽性……？」

数日前から思うところがあって妊娠検査薬を使ってみると、くっきりと線が表れたのだ。

「尊さんの赤ちゃんがいるってこと……？」

まだなんの変化もない下腹部に触れただけなのに、胸の奥がじんと熱くなる。

喜びと感動が込み上げてきた直後、ハッとした。

（尊さんはどんな反応をするのかな？）

冷静に受け止めるか、喜ぶのか……。

そう考えて、後者は想像できなかった。

跡取りを欲しがっていたという意味では、尊さんの望み通りになったと言える。

とはいえ、彼が純粋に喜ぶとは思えない。

そもそも、愛し合っていない両親の子どもは幸せになれるのだろうか……なんてことまで考えてしまい、感情がぐちゃぐちゃになっていく。

不安を抱えて尊さんの帰宅を待っていたせいか、夜になるまで長く感じた。

「ただいま」

「おかえりなさい。あの……！」

「どうした？」

少し遅い時間に帰宅した彼は、私の様子を見て心配そうな顔になった。

「あの……私……」

「なにかあったのか？」

言い淀む私をソファに誘い、尊さんも隣に腰を下ろす。

緊張と不安の中、私は一思いに切り出した。

「私、妊娠したみたいで……」

なぜか手が震えそうになって、右手で左手首を掴む。

ブレスレットが肌に食い込むほど力を入れてしまったけれど、力加減が上手くできなかった。

「……妊娠？　病院には？」

「まだです……」

首を小さく振り、彼を見つめて続ける。

「でも、検査薬で陽性が出たなら、ほぼ間違いないって……」

ネットで得た知識を口にすれば、尊さんは言葉を失ったような顔になった。

そこからの感情が読み取れなくて、心臓がバクバクと脈打つ。

「そうか……。妊娠、したんだな」

けれど次の瞬間、彼は今まで見たことがないくらいわかりやすく破顔した。

「やったぞ、依茉！」

私の肩を掴んだ尊さんが、らしくなく声を上げる。

「いや、まだ確定だとは限らないな。まずは病院できちんと検査してもらって——」

「あの、尊さん……」

興奮した様子だった彼は、私の呼びかけにハッとしたように咳払いをした。

「尊さんは嬉しいですか？」

「え？」

「赤ちゃんができて……嬉しいですか？」

尊さんは面食らったような表情をしたあと、私の体を抱き寄せた。

「当たり前だろ」

ぎゅっと抱きしめてくれる腕と喜びに満ちた声が、彼の本音だと教えてくれる。

その途端、ずっと抱えていた緊張と不安が溶け、安堵感に包まれた。

（あっ、でも……）

ホッとしたのも束の間、尊さんと私の喜びの意味が違うと気づいてしまう。

私は、彼との赤ちゃんができたことが嬉しい。

反して、尊さんが感じているのは、跡取りができたことに対する喜びだ。

そう思い至ったとき、彼の腕の中で悲しみが込み上げてきた。

（ううん、これでいいんだよ……）

けれど、すぐに思い直す。

宝生グループの跡取りを産むことは、私の役目だ。

きっと、私が尊さんにしてあげられる、唯一のこと。

愛し合った末の妊娠じゃなくても、彼なら子どもにも優しいに違いない。

私自身が愛されていなくても、尊さんとの子どもを愛おしいと思う気持ちならすでに芽生えている。

だから、大丈夫なはず。

私も、生まれてくる子に精一杯の愛情を注ごう。

誓いを立てるように心の中で呟けば、ゆっくりと覚悟が決まった。

四　一転した生活

しっかりと秋の色を感じるようになった、十一月初旬。

私にとって、生まれて初めてのマタニティー生活が始まった。

検査薬を使った翌日、レディースクリニックで正式に妊娠していると診断された。

今はちょうど八週目に入ったところ。

予定日は、六月中旬頃だと言われている。

「やっぱり家政婦を雇おう」

受診から四日が経った頃、尊さんは神妙な顔でそんなことを言い出した。

「改めて考えてみたんだが、悪阻が始まれば体調が悪くなるだろうし、そうでなくても無理はさせられない。それに、まだ安定期じゃないんだ。できるだけ安静にしておいた方がいいだろ。ああ、そうだ、ハウスキーパーも週二回に戻そう」

妊娠がわかってからというもの、彼はずっとこんな調子だ。

『買い物は行かなくていい』

『重いものは持つな』

『外出時には必ずタクシーを使うように』

『仕事は少しでもセーブした方がいい』

『とにかく無理をしないでくれ』

なんてことを、何度も言い聞かせられた。

そんな尊さんに面食らってしまったのは、言うまでもない。

彼はこんなにも心配性だっただろうか……と首を傾げてしまったくらいだ。

「今はまだ悪阻も始まってませんし、大丈夫ですよ。尊さんは心配しすぎです」

今日も似たような感覚を抱きつつも、尊さんの提案をやんわりと拒絶した。

「いや、だが……」

「前にも言いましたが、少しは運動もしないといけませんから。家事や買い物はちょうどいいんです」

わずかにたじろいでいる彼に、思わず苦笑を零してしまう。

「それに、妊娠してても仕事や家事をしてる女性はたくさんいます。体調が悪いならわかりますが、私はまだ悪阻も始まってないのに安静にする必要はないんですよ」

「そうは言っても、この先はどうなるかわからないだろ」

「確かに、尊さんの言う通りです。でも、今は普通に生活できるんですから、そうなったらそのときに考えませんか？」

心配してくれるのはありがたい反面、すべておんぶに抱っこになるのは避けたい。家事も仕事も、できる範囲でこなしていきたかった。

「もちろん、無理や無茶はしません」

どうやら、尊さんは納得できないみたいだ。

眉間にはわずかに皺が寄せられ、明らかに不服そうな顔をしている。

その表情はなんだか子どもみたいで、ついつい可愛いと思ってしまった。

「それと、仕事関係の方には必要に迫られるまで報告する気はないですが、仕事も無理のない範囲で請け負うことにしますから」

とはいえ、すべて彼の言う通りにするわけにはいかない。

「よし、それならこうしよう。次の受診日には俺も付き添う。そのときに医師に相談するから、依茉は主治医の勧めを聞き入れてくれ」

ところが、尊さんは私の想像以上に諦めが悪かった。

「えぇっと……たぶん、先生は『悪阻がひどくない限りは普通に生活して構わない』っておっしゃると思いますよ。この間もそうでしたから」

飲食に関しては色々と注意事項があったし、激しい運動も禁止されている。

けれど、妊娠中毒症や体重増加を防ぐために、バランスの取れた食事や適度な運動は推奨された。

きっと、彼の相談は笑い飛ばされてしまうかもしれないようなことだろう。

「それでもいい。とにかく俺も絶対に付き添う」

「わかりました。次の診察日は、尊さんの都合がつく日に予約を取り直しますね」

尊さんの意思を尊重すれば、彼はようやく納得したように頷いた。

(今からこんな調子だったら、疲れちゃうんじゃないかな)

尊さんの体調を気にしつつも、ひとまず彼が引いてくれたことに安堵する。

ちなみに、レディースクリニックに行った日も、尊さんらしくなかった。

彼はどうしても抜けられない仕事があったようで、付き添えないことを謝罪されたのだけれど、『診察が終わったらすぐに電話をくれ』と言われたのだ。

ただ、あの日は大事な商談や会議で立て込んでいると聞いていたため、本当にいいのか……と躊躇《ちゅうちょ》してしまった。

結局、お昼時に電話を入れたところ、尊さんは会議を抜け出してくれたみたい。

ありがたい反面、申し訳なさも込み上げきて、仕事は大丈夫かと心配になった。

とにもかくにも、ずっとこんな調子の彼に、私は戸惑うばかりだった。

＊＊＊

十一月上旬の土曜日。

「依茉、なにしてる？」

尊さんの寝室でベッドからシーツを剥がしていると、彼がやってきた。

「シーツ交換です。今日はいいお天気なので、洗って干しておこうと思って」

「そんなことしなくていい」

「でも、せっかくよく晴れてますし」

「それなら俺がしよう」

「えっ？　いえ、これくらい私が……」

「いいから、依茉は休んでてくれ」

妊娠がわかって以降、尊さんと私は体を重ねていない。

ただ、いつの間にか彼と毎日一緒に眠るようになっていて、私はもうずっと自分のベッドを使う機会がなくなっていた。

というわけで、天気のいい休日を有効活用するためにふたり分のシーツを洗おうとしたのだけれど……。私の仕事は、尊さんにあっさり奪われてしまった。

仕方なく、拭き掃除でもしようとリビングに行く。

けれど、それも彼に咎《とが》められ、結局はソファに座らされた。

「あの、尊さん……」

「なんだ？」

「尊さんは疲れてるんですから、家事なんてせずに休んでください」

「別に疲れてない。依茉こそ、もう自分ひとりの体じゃないんだ。平日の家事は任せっ放しだから、俺が休みのときくらいはゆっくりしてくれ」

雑巾が似合わない尊さんは、私のお願いをさらりと却下してしまい、丁寧に窓を拭いている。

私は、そんな彼の姿を見ながらため息をついた。

（もう……。尊さんって、実はすごく頑固だよね）

なにかしたいのになにもさせてもらえないというのも、どうにも居心地が悪い。

尊さんがリビングから出ていったのを機に、こっそりキッチンに足を踏み入れた。

窓の拭き掃除をしている間なら、きっと気づかれないはず。

そう考えて、昼食の支度を始めてしまおうと思ったのだ。

冷蔵庫の中身を確認し、食材を出していく。

正午までまだ時間があるため、調理には時間をかけられそうだ。

(さんまを焼いて、大根おろしとすだちを添えて……。お味噌汁には、豆腐と残り物の野菜でしょ。あとは、いんげんの胡麻和えと秋茄子の煮浸しにしようかな)

「あっ、卵の期限がもうすぐだから、だし巻き卵も作っちゃおう」

メニューを考えているだけで楽しくなってくる。

もともと実家にいたときから料理が好きだったし、結婚当初はなにをすればいいのかわからなかったこともあって、料理くらいしか楽しみがなかった。

そのうち出汁や調味料にこだわるようになっていき、彼が食べてくれるようになった今ではますます力を入れている。

けれど、それを苦と感じたことはなくて、私にとっては楽しみのひとつなのだ。

「依茉? ……って、どうして料理なんてしてるんだ?」

思わず鼻歌を歌いそうになったとき、早くも尊さんに見つかってしまった。

「だって、もうすぐお昼ですし」

「ゆっくりしてくれって言っただろ」

彼はエプロンをつけたばかりの私を見て、困ったようにため息をついた。

「私は元気ですし、料理は好きなのでしたいんです。無理もしてないですから」

「そうは言っても、家事はだいたい立ちっ放しか動いてばかりになるだろ。平日は頑張ってくれてるんだから、週末くらい――」

「もう……。尊さんは過保護だと思います」

思わず唇を尖らせてしまう。

ここまでくると、心配性を通り越して過保護がすぎる。

これが普通の夫婦なら、溺愛されていると思えるのかもしれないけれど……。尊さんの場合はそうじゃないと知っているからこそ、素直に甘えられなかった。

「妊婦には過保護なくらいでちょうどいい」

「でも、料理くらいさせてください」

不毛なやり取りに思えてきて、戸惑うやらおかしいやらで眉を下げてしまう。

「わかった」

それでも、ようやく思いが伝わったようで、私はパッと笑顔になった。

「じゃあ、一緒に作ろう。ふたりでやれば早く終わるだろ」

なんて思ったのも束の間、彼からの予期しない提案にきょとんとする。

「え？　尊さんって料理はあまりしないんじゃ……」

初めて抱かれた翌朝、尊さんは朝食を用意してくれていたけれど、基本的に彼が料理をしているところを見たことがない。

「する必要がなかったからしてこなかっただけで、必要に迫られればする。まさに今がそのときだ」

それらしい理屈を聞かされたことから察するに、どうやら決定事項みたい。

尊さんはキッチンに並べた材料を見て、すべてのメニューを言い当てた。

「じゃあ、俺はさんまを焼こう。あと、大根をおろすのと味噌汁なら作れる」

要するに、それ以外のメニューは作れない……ということだろうか。

「……だし巻き卵は綺麗に巻ける自信がない。煮浸しなんて作ったことがないし、胡麻和えは依茉の味付けが好きなんだ」

可愛らしい言い訳に、ついクスッと笑ってしまう。

すると、彼が不本意そうに片眉をピクリと動かした。

「和食はそんなに作る機会がなかったんだ。パスタなら何種類か作れる」

拗ねたような言い方に、愛おしさが込み上げてくる。

胸の奥がキュンと高鳴って、私よりもずっと大人だと思っていた彼の可愛い一面にときめいた。

「じゃあ、近いうちに尊さんのパスタを食べさせてください」

私の言葉に、尊さんが一瞬驚いたような顔をしてから頷いた。

「ああ、いつでも作るよ」

「楽しみにしてます」

思えば、彼とこんなにも気安く話したのは初めてだったかもしれない。

姉と婚約していたときは、尊さんと同じ空間にいるだけでドキドキして上手く会話ができなかった。

結婚当初から最近までも、いつも数歩引いたように彼の隣にいた。

それなのに、今はごく自然に尊さんと話せていたことに気づく。

もしかしたら、ここ数日の彼の過保護っぷりに面食らっていたせいかもしれない。

すべてを黙って受け入れていたら、私はなにもさせてもらえなくなると思って意見を言うようになったけれど……。ある意味、いいきっかけだった気がする。

(とはいっても、尊さんは私が心配なんじゃなくて、お腹の子のために過保護になってるだけなんだけどね。そりゃあそうだよね。だって、大事な跡取りだし……)

尊さんは最初から跡取りを望んでいたし、私たちは避妊をしたことがない。

姉は実家とは縁を切り、まだ海外で生活をしているけれど、私とは定期的に連絡を取り合っている。

子どもが生まれれば、姉はますます私を気にかけてくれるだろう。

そうなったら、必然的に彼と姉の関係性も深まる。

尊さんは、姉を略奪しようなんて考えるタイプじゃないと思うけれど……。宝生家を一番に考えている彼にとって、姉との縁はなんとしても切りたくないはず。

そして、それを繋いでくれるのは、私よりも生まれてくる子どもに違いない。

そう思い至った当初は、現実を突きつけられたようで悲しくなった。

けれど、今は悲しみよりも本当にこれでいいのか……と悩むことがある。

子どもにはなんの罪もないし、姉や私のように家の駒になってほしくない。

そんな思いとは裏腹に、このままだとこの子も駒のひとつになってしまうだけなんじゃないか……と考えるようになった。

尊さんと私の間に愛情がなくても、子どもには全力で愛情を注ぐつもりでいる。

彼だって、そうしてくれるはず。

だからこそ、お腹の子が愛おしくなればなるほどに、自分の選択が間違っている気がしてならない。

子どもは、親の道具じゃない。

親は、子どもを縛る権利も利用する権利もない。

それなのに、私が生まれてくる子どもに与えるのは不自由なんじゃないかと思え、言いようのない不安と戸惑いが芽生えていた。

そもそも、宝生家に認めてもらえるかもわからない状態なのに、こんなことを考えるのはお門違いかもしれないけれど……。

(やっぱり一度ちゃんと話さなきゃ)

不安の芽は、子どもが生まれる前にできる限り摘んでおきたい。

「あの、尊さんっ……！」

そう思って口を開いたのに、いざとなったらなにをどう言えばいいのかわからなかった。

「どうした？」

お味噌汁の味見をしていた尊さんが、手を止めて私を見てくれる。

「あ、えっと……」

言い淀んだ私は、彼の真っ直ぐな目を向けられているうちに口を閉じていた。

「依茉？　体調が悪いのか？」

「いえ……！」

心配されていることに気づいて、慌てて首をぶんぶんと横に振る。

「そうじゃなくて……その……あまり過保護にならなくても大丈夫ですから」

本当に触れたかった話題じゃなかったけれど、他になにも思い浮かばなかった。

「もしかして迷惑か？」

「そんなことは……」

「じゃあ、俺がいたら嫌？」

「えっ……」

「監視されてるみたいだって思うなら、もう少し控えるようにする。でも、俺が依茉と一緒にいたいんだ」

甘さが混じった優しい笑みに、胸の奥がきゅうぅっ……と戦慄く。

（なんで……）

どうしてそんな顔を見せるの、と言いたくなる。

あえて〝仮面夫婦〟を提案しておきながら、ときどきとんでもなく甘やかな言動をするなんて……。

尊さんは、本当にずるい。

私がどんなに翻弄されて、また彼への想いを募らせていくのか……。

それを知らない尊さんの振る舞いに、今日も鼓動はバカみたいに早鐘を打つ。

「ほら、味見して」

差し出された小皿を受け取って口をつけ、「おいしいです」と返す。

「よかった。まあ、依茉の味には敵わないけどな」

当たり前のように微笑まれて、また甘苦しい感覚が込み上げてくる。

私は平常心を装って彼から視線を逸らし、完成した料理を盛りつけた。

＊＊＊

十一月も半分ほどが過ぎたところで、寒さがグッと増した。

手先や足先がすぐに冷えてしまうため、日中でも体を温めるように心掛けている。

仕事中のお供は、ノンカフェインのハーブティーや白湯。

食事は、野菜たっぷりのお味噌汁かスープを欠かさない。

体重が増えすぎないようにと始めた散歩では、暖かい格好をしている。

今夜は冷え込んでいることもあって、クリームシチューを作った。

「ただいま」

「おかえりなさい。今日は早いですね」

「ああ」

帰宅した尊さんを出迎えると、彼から紙袋を差し出された。

「なんですか？」

「帰りに買ってきた。寒さ対策になればと思って」

紙袋のロゴには、見覚えがある。

ルームウェア専門のブランドで、私も何着か持っている。

ブランドと言っても一般的な価格帯で、女性に大人気なのだ。

「私に、ですか？」

「さすがに俺は着れないな」

ふっと苦笑した尊さんに断りを入れ、中に入っているものを取り出していく。

上下セットのルームウェアが三組と、ワンピースタイプのものが一着。ガウンが一着と三足の靴下に加え、ルームシューズまで入っていた。

どれもボアやプードルファーに近いふわふわの素材で、肌触りが好くて暖かい。

このブランド独自の製法で作られているようで、他のメーカーやブランドのものと比べても暖かさも質感も抜きん出ている。

「どれもすごく可愛い。それに、このワンピースタイプのものは欲しいなって思ってたので嬉しいです。ありがとうございます」

ホッとしたように「そうか」と笑った彼が、すべて選んでくれたのだろうか。

「あの……これ、尊さんがひとりで選んでくださったんですか？」

「さすがに秘書を連れては行かないな」

「でも、スタッフさんもお客さんも女性ばかりなので、恥ずかしかったんじゃ……」

カップル向けのルームウェアもあるけれど、基本的にはレディースが中心で、次に多いのがベビーとキッズ向けのもの。

メンズ向けの商品に至っては、恐らく全体の一割にも満たない。

それゆえに、スタッフもお客さんも女性ばかりなのだ。

たまに男性客を見かけることはあるものの、だいたいは女性と一緒に来ている。

そういう光景を知っているからこそ、尊さんにとっては気まずい場所なんじゃないかと思った。

「まあ、生まれて初めての経験だったな。正直、スタッフに助けられた」

肩を竦《すく》めた彼は、「これが一番人気らしい」とワンピースタイプのものを指差す。

どうやら、スタッフに頼んでおすすめの商品を見繕ってもらい、その中から尊さんが選んでくれたのだとか。

特に欲しかったワンピースは、五色展開の中でも一番気になっていたパステルピンクで、それが喜びを倍増させた。

「本当にありがとうございます。大事にしますね」

「そんなもの、また買えばいい。足りなければ、明日にでも追加で買ってくるよ」

「もう充分です。そんなに一気に着られませんよ」

手持ちのものと合わせれば、毎日着替えても十日分はある。

「俺も依茉のルームウェアは気に入ってるからな」

「そうなんですか?」

意外な言葉に目を丸くすると、彼が唇の端を持ち上げた。

「ああ。このルームウェアを着てる依茉を抱きしめて寝ると、随分と心地が好い」

意味深な笑みに、鼓動が小さく跳ね上がる。

「えっと……なんだか抱き枕みたいですね」

平静を装ったつもりだったのに、不意に唇にキスを落とされて……。

「……っ!」

チュッとリップ音が鳴った直後に、頬がかあっと熱くなった。

「俺専用の、な?」

悪戯っぽい笑顔が、楽しげな声音が、ほんの一瞬で私の心を掴んでくる。

「他の人と寝たりしません!」

「当たり前だ。俺の妻は誰にも渡さない」

むきになった私に、尊さんが急に真面目な顔をした。

真っ直ぐな瞳と力強い言葉に、視線を合わせていられなくなる。

「ッ、シチューを温め直してきますね!」

それをごまかすように、急いでキッチンに逃げ込んだ。

ここ最近の彼は、以前にも増して甘い雰囲気を纏うことが増えた。

たとえば、日中に私の体調を窺うメッセージや電話が来たり、毎晩一緒に眠ったりと、とにかく大事にされている。

どんどん甘く優しくなっていくその姿を見ていると、今の尊さんが素の彼なんじゃないかと感じることもあった。

厄介なことに、私は尊さんの言動についドキドキしたり喜んでいたりする。

そして、勘違いしてはいけないと思うのに……。優しくされればされるほど想いはどんどん膨らんでいき、今にも彼に本心を零してしまいそうだった。

四章　揺るがない想いと永遠の切愛

一　甘やかな唇

尊さんの言動で戸惑いと喜びに苛《さいな》まれるばかりだった、ある日。

『もうすぐ日本に帰るわ』

電話をかけてきた姉から、近いうちに帰国する予定だということを知らされた。

「そうなの？」

『ええ。だいぶほとぼりが冷めただろうし、また日本のメディアでの仕事が増えそうなの。海外生活も悪くないけど、頻繁に行き来するのは大変だしね。あと、こっちでの侑吾の仕事が終わりそうだから、ちょうどいい機会だと思って』

メディアに追い回されるのを避けるために、姉たちはフランスで生活をしていた。といっても、仕事の都合で何度か帰国もしていたけれど、長期滞在していたホテルを引き払うことにしたみたい。

海外での仕事を複数受けていた侑吾さんが一段落するタイミングでもあり、生活の基盤を日本に戻すのだとか。

『ありがたいことに、意外と批判的な声が少ないから。今は圧倒的に応援してくれる人が多いし、もう大丈夫かなって』

「うん、そうだね」

最初こそ世間の反応は様々で、姉の結婚の経緯に辛辣な言葉も多かった。

SNSには『浮気者』や『最低』、『悪女』などという声が並び、中には目も当てられないような言葉もあった。

けれど、次第に風向きが変わり、今では『セレブ婚を捨てて長年付き合ってた恋人と結婚するなんて素敵』といったような意見の方が増えた。

メディアではあることないことを発信されていても、わかってくれる人はいる。

姉の仕事相手も理解のある人が多いようで、今後のスケジュールは日本での仕事で埋まっているのだとか。

「よかったね」

『ええ』

「帰ってきたら会おうね」

『もちろん。早く依茉に会いたいわ』

帰国予定は十二月上旬らしく、あと半月もすればその日がやってくる。

私は姉の帰国が楽しみで、思わずソファに座りながら足をパタパタと動かした。

『ところで、依茉は最近どうしてるの？　仕事をもらえるようになったって言ってたけど、尊さんとは上手くやってる？』

月に一、二度の電話では、仕事のことはよく話している。

絵本の翻訳を頼まれた件や、オンライン講座を受け始めたことを含め、だいたいは伝えていた。

けれど、尊さんのことに触れられると、どう答えればいいのかわからなくなる。

だから、いつも曖昧な返事しかできなかった。

「お姉ちゃん、私……妊娠したの」

『えっ……？　やだ、依茉！　おめでとう！』

一瞬動揺している様子だった姉の声が、すぐに驚嘆と喜びでいっぱいになる。

妊娠したことは、まだ両家にも伝えていない。

彼には『優茉さんには報告してもいい』と言われていたけれど、なんとなく言えないまま今日まで来てしまっていた。

『予定日はいつ？』

「来年の六月中旬くらいって言われたよ」

『そう。あっ、体調は大丈夫なの？』

「少し前までは大丈夫だったんだけど、ここ数日で悪阻が始まったんだ。でも、食欲は落ちてないし、今のところ軽い方だと思う」

『そうなの？　でも、油断は禁物よ。これからもっと体調が悪くなるかもしれないんだから、無理はしちゃダメだからね』

「うん、わかってる。尊さんも色々気遣ってくれるし、大丈夫だよ」

『尊さん、すごく喜んでたでしょう？』

「……うん。だって、ずっと跡取りが欲しかったみたいだから……」

『依茉？』

私の心が沈んだのが伝わったのか、姉の声に心配の色が滲む。

「お姉ちゃん、私ね……」

『うん？』

優しい声音に、なんだか涙が込み上げてしまいそうになる。

「私……本当はずっと尊さんが好きだったの……」

そして、想いを声にした瞬間、あっという間に視界が歪んだ。

『うん、知ってたよ』

一拍置いて聞こえてきた答えに、目を大きく見開いてしまう。

『だから、私は依茉を見守ろうって決めてたの』

ふと、宝生の本邸からの帰りの車内でのことを思い出す。

あのとき、姉は私の意志を一度確認しただけで、決して反対はしなかった。

婚約破棄をしてしまった姉の立場では強く言えないだけかと思っていたけれど、よく考えれば私を可愛がってくれている姉がすんなり引き下がるのは変だ。

けれど、私の想いを知っていたのなら、当時の姉の態度にも納得できる。

「いつから知ってたの……？」

『そうね、どこから話そうかしら』

姉は悩んだような言い方をしながらも、その声はとても優しかった。

私は鼻を小さく啜り、息をふぅと吐く。

『私がまだ尊さんと婚約してたとき、依茉に『好きな人はいないの？』って訊いたのを覚えてる？』

「う、うん」

『そのとき、依茉はすごく動揺してたでしょう？』

「えっと……」

『あのときからよ』

「えっ？」

もうずっと前のことだ。

実家に来た姉と話しているとき、ひょんなことから姉に『好きな人はいないの？』と尋ねられたことがある。

確か、私は咄嗟に『いないよ！』と返した。

けれど、尊さんの顔を思い浮かべてしまったせいで顔が熱くなって、姉に自分の気持ちがバレてしまわないかと不安でドキドキした。

そんな私に、姉は『まさか尊さんのことが好きなの？』と問いかけてきた。

冗談めかしたような口調だったけれど、その目は真剣だった。

即座に否定した私は、必死に『違う』と言い続けて何度も首を横に振った。

姉の婚約者に想いを寄せているなんて絶対に知られてはいけない、と思ったから。

彼のことも姉のことも困らせると、そう考えたから……。

『あのとき、依茉の好きな人は尊さんなんだって思ったの。でも、私は心から賛成はできないと思ってた。婚約破棄をした私が言えたことじゃないけど、依茉が宝生家でやっていけるとは思わなかったから』

「じゃあ、どうして……」

『依茉の選択を見守ろうって思ったのは、宝生家で依茉が尊さんと結婚すると決めたときよ』

言葉に詰まった私の疑問を、姉が汲み取ってくれた。

『引っ込み思案の依茉が、結婚に対して話すときは意志が固かったでしょう？　宝生家でも帰りの車の中でも本気だってわかって、それだけ尊さんのことが好きなんだって伝わってきた。だから、依茉を応援しようと決めたの』

「そうだったんだね」

ずっと前から気持ちを知られていたのは気まずいけれど、それ以上に気がラクになってホッとしている私がいた。

「最初はね、本当に『尊さんのためになりたい』っていう一心だったの」

『うん』

「尊さんが個人的に実家を援助してくれることになったのもあって、尊さんが私でもいいって思ってくれるなら私にできることを精一杯しようって……。でも、今はちょっとだけつらい……」

自分の気持ちを押し殺すのは、慣れているつもりだった。

姉と比べられて生きてきた私は、静かに笑ってやり過ごすことを覚えて、いつからか自分の本心は口にしなくなった。

だから、尊さんへの想いも自分の中で秘めているつもりだったのに……。

「尊さんが優しいのは、子どもができたからだってわかってる。でも、ときどきどうしようもなく胸が苦しくなるの……」

もうこれ以上は、この気持ちを抑え切れない。

けれど、もし彼に私の本心を知られてしまったら、きっと迷惑だと思われる。

愛されていなくても嫌われていないことはわかるから、せめて今のままの優しさを向けていてほしい。

「結婚したことは後悔してないけど、このままじゃ気持ちを隠し切れなくなりそうで怖いよ……。この気持ちがバレたら、きっと尊さんは今までみたいに笑って――」

不安と押し込めていた気持ちを堰を切ったように零していたさなか、不意にスマホを取り上げられた。

反射的に顔を上げた私の視界に、スーツ姿の尊さんが映る。

「尊さっ……！」

どこから話を聞かれたのか、いったいどう説明をすればいいのか……。

「悪いが、夫婦で話がしたい。依茉との電話はまた日を改めてくれ」

戸惑いと動揺でいっぱいの私を余所に、彼は電話越しの姉に一方的に言い放って通話を終えてしまった。

（どうしよう……）

きっと、気を悪くさせた。

仮面夫婦を提案してきた尊さんだからこそ、私が最初から彼を好きだったなんて知ってしまったら、うんざりするかもしれない。

「……もういいか」

そんな不安に包まれていた中、尊さんがひとりごちるように呟いた。

次の瞬間には真剣な双眸を向けられ、心臓がドキリと跳ね上がる。

なにを言われるのか怖くて、この場から逃げ出したくなった直後。

「俺は好きな女以外を抱く趣味はない」

彼が私の隣に腰を下ろし、覚悟を決めたように静かに告げた。

「俺が依茉と結婚したのは、君のことが好きだったからだ」

混乱する思考では、尊さんの言葉を理解できない。

「え……？　だ、だって、そんなはずは……」

なによりも、彼が私を好きだなんてすぐには信じられなかった。

「私は、お姉ちゃんじゃなくて……お姉ちゃんと違ってなにも持ってないし、宝生家にはメリットなんて……」

「だからどうした？　俺は依茉にそんなものを求めたことはない」

そんなことはなんの問題もないとでも言うように、尊さんがふっと笑う。

「自分に自信がなさそうにしてるくせに咄嗟に他人を助けられる優しさがあって、すれてなくて素直で純粋なところに惹かれたんだ」

「本当に……？」

「ああ。信じてくれるまで何度だって言うよ。依茉が好きだ、って」

瞳を柔らかく緩めた彼が、私の頬にそっと触れる。

「結婚して、努力家な一面も知った。遠慮がちなくせに意外と頑固なところも、無邪気に笑ったり恥ずかしそうにしたりする顔も、全部が可愛くてたまらない」

真っ直ぐな眼差しも、優しい声音も、すべて私に与えられているもの。

そして、尊さんの心までも……。

「っ……！」

ようやく追いついた思考が、私を泣かせにくる。

「尊さんはわかりにくいです……。私、尊さんには絶対に愛されるはずなんてないって……」

涙に邪魔をされて、最後まで言いたいことを紡げない。

すると、私の気持ちを汲み取るように、彼が眉を下げて微笑んだ。

「理由があって、今まではバレないように隠してただけだ。でも、これからはちゃんと伝えるよ。依茉を泣かせるくらいなら、隠してきた意味がなくなるからな」

その言葉を理解できずにいると、尊さんが私の唇にそっとくちづけてきた。

触れるだけのキスなのに、胸の奥が甘切なさと喜びで震える。

「全部話すよ。今までのことと、依茉に隠してた理由を」

そう前置きした彼から語られたのは、想像もしていなかった事実だった――。

「……つまり、最初から三人で計画を立ててたってことですか?」

話を聞いた私は、にわかには信じられなかった。

だって、まさか尊さんと姉の婚約破棄に彼自身が関わっていた、なんて……。

「ああ、そうだ。侑吾さんともあのときまでに何度か会ってた」

姉のお願いから始まり、尊さんが同意し、侑吾さんと三人で婚約破棄と姉の結婚に至るまでの計画を進めていた。

さらには、姉の代わりに私が尊さんと結婚するところまで考え抜かれていたのだ。

まだ半信半疑だけれど、この状況でこんな嘘をつく必要なんてない。

そして、この話が真実なら、宝生の本邸にみんなが集まったときに彼だけが落ち着いていたことにも説明がつく。

「優茉さんとは、依茉に結婚を強要しないと約束してたから、俺たちがどうなるかは依茉次第だった。でも、それ以外は計画通りだったんだ」

「じゃあ、どうして私にはなにも教えてくれなかったんですか？」

「すまない……。優茉さんに『尊さんが依茉に気持ちを伝えれば、素直で純粋な依茉がそれを上手く隠せるはずがない』と言われて、その通りだと思った。だから、依茉に打ち明けるのはすべてが片付いてからにしよう、と」

「でも、事情を知ってたら、私だって……」

そこまで言いかけて、私になにができたのだろう……と考える。

仮にすべてを知っていたとしても、きっと私にできることはなかった。

「俺だって言えるものなら言いたかった。だが、周囲に俺たちの結婚を認めさせるためにも、リスクはできる限り取り除いておく必要があったんだ。正直に言うと、できればあともう少しだけこの話は伏せておきたかった」

その言い分がわからないわけじゃない。

反面、もっと早くに知りたかったとも思ってしまう。

「でも、さっき依茉が優茉さんと話してた内容を聞いて、これ以上すべてを隠し続けない方がいいと思った。それに、ようやく準備が整いつつある今なら、もう依茉に真実を話すべきだとも考えたんだ」

「準備?」

尊さんが「ああ」と小さく頷き、彼が水面下で進めてきたことを教えてくれた。

有名な研究者のヘッドハンティング、ビジネスパートナーの打診。

そして、同業他社との新企画について。

内容的には掻い摘んでいたのだろうけれど、慎重に進めてきた準備がもうすぐ整うのだ……と。

「そうだったんですね……」

「こうしたのは依茉を守るためだったとはいえ、結果的に依茉を傷つけた。本当に申し訳ないと思ってる……」

「尊さん……」

「依茉の不満は全部受け止めるよ。もちろん、そんなことで償えるわけじゃないのはわかってるが……」

不安そうな顔になった尊さんを見て、なにも思わなかったわけじゃない。

もっと早くに知りたかったし、そうすれば思い悩んで傷つくこともなかった。

けれど、彼も姉も私を守ってくれようとしていただけ。

宝生家が私を疎んでいることくらい、私だってよくわかっている。

私が尊さんの想いを知っていたら、きっと彼らの計画を上手く隠せなかった。

もちろん、私たちの結婚を反対している人たちの矛先が私に向く可能性も、大いにあった。

そうなったとき、私はどうすることもできなかったに違いない。

「もういいです。尊さんに大切にしてもらえてたんだって伝わってくるから、それだけで充分です」

切なさ、苦しみ、悲しみ。

ひとりで悩んだ時間や、心の傷。

そのどれもが、大切だったように思える。

尊さんが私を好きでいてくれたのだとわかった今なら、これまでのつらさだって受け入れられた。

「依茉……」

安堵の表情を浮かべた彼が、私をそっと抱きしめる。

「本当にごめん。でも、これからはちゃんと俺の気持ちを伝えていく。今までよりももっと大事にするから」

夢みたいな状況がまだ信じられなくて、尊さんの温もりを確かめるように恐る恐る彼の背中に手を回す。

すると、尊さんの腕にさらに力が込められた。

「っ……。私が尊さんのことを好きでいても、迷惑じゃないですか……？」

「迷惑なんかじゃない」

彼の声音が、力強い抱擁が、私の涙を誘う。

「依茉のことはなにがあっても絶対に離さないから、俺の傍にいてくれ」

たぶん、今日がこれまでで一番幸せな日だ。

程なくして尊さんがゆっくりと体を離し、親指で私の涙を拭ってくれた。

「他に訊きたいことは？」

「え……？」

「この際だから、なんでも答えるよ」

優しい笑みを向けられ、少し悩んだ末に甘えてしまおうと考える。

「いつから、私のことを……その……」

恥じらいが勝った私に、彼が苦笑を零す。

「引くなよ？」

わざわざ前置きされたことを不思議に思いつつ、無言でこくりと頷く。

「たぶん、最初からだ」

すると、予想だにしない答えが飛んできた。

目を真ん丸にする私に、自嘲交じりの笑顔が返される。

「咄嗟に身を挺してまで赤の他人の子どもを助ける依茉を見たときから、依茉のことが気になって仕方がなかった。見合いの最中も、優茉さんよりも依茉を見てたな」

そんなこと、全然気づかなかった。

「ただ、この気持ちが恋愛感情だと自覚したのは、もっとあとのことだったけど」

「わ、私も……！　私も最初から尊さんのことが……」

浮かれてしまった私の口から、思わずそんな言葉が飛び出した。

「それはなんとなく気づいてた。依茉はわかりやすいからな」

「わかりやすい……ですか？　両親からは、『依茉はなにを考えてるかわからない』と言われることが多かったんですが……」

自分の気持ちを隠すのは、得意だと思っていた。

ところが、恋心が姉だけじゃなくて尊さん本人にまでバレバレだったことに、羞恥や戸惑いが隠せない。

「俺から見れば、依茉は素直でわかりやすいよ。でもまあ、あくまで俺に対する気持ちがわかりやすかっただけで、それ以外は読めないことも多いが」

確かに、まともな恋愛経験がない私が大人な彼に見透かされない方がおかしいのかもしれない。

むしろ、どうして隠せていると思っていたのか……。

「だが、依茉がわかりやすかったおかげで、俺は無謀な提案ができた」

「そうなんですか？」

「ああ。正直、依茉の俺への気持ちはただの憧れだという可能性も捨て切れなかったし、俺が優茉さんの元婚約者だということも気掛かりだった。姉の代わりなんて、普通なら受け入れがたいはずだ」

一方、尊さん自身も色々と思い悩んでいたみたいだった。

「それに、人の気持ちは移り変わるものだ。依茉がもっと広い世界を見たとき、俺への恋心が一時的なものになってしまうこともあるだろうと考えたりもした」

私が知らなかった彼の本音を聞けば聞くほど、真実を打ち明けられない中でもいかに思い悩んでくれていたのかが伝わってくる。

「依茉の気持ちがわからないほど鈍くはないつもりだったが、結婚となれば話は別だ。一回りも年上の男なんて、本当のところは相手にされないんじゃないかと思ってた。依茉から見れば、俺なんておじさんだろ」

「おじさんなんかじゃありません！　尊さんは誰よりも素敵です！」

けれど、この言葉だけは聞き捨てならなくて、思わず力いっぱい否定した。

「ありがとう」

はにかんだような笑顔に、胸の奥がキュンと高鳴る。

彼の可愛い一面を見て、ますます〝好き〟が膨らんでいった。

「私……尊さんは姉のことが好きなんだと思ってました」

「そうだったのか……」

「はい……。私との結婚も姉との関係を少しでも残すためだと思ってたから、尊さんへの気持ちを必死に隠してたつもりでした……」

眉を下げていた私の手に、大きな手が重ねられる。

「今まで依茉を不安にさせた分、これからは俺が愛してるのは依茉だけだってことを惜しみなく伝えるよ」

柔和な笑みが私だけに向けられているものだなんて、やっぱり夢みたいだ。

また泣きそうになった私の唇に、尊さんが優しくくちづけてきた。

それは、今までの想いを伝えるような、心が満たされる温かいキスだった。

＊＊＊

翌週、私は二十五歳の誕生日を迎えた。

私の誕生日は毎年祝日で、今日は尊さんも休みだと聞いている。

彼は昨日のうちに行きたいところを訊いてくれたけれど、最近になって気分が優れない日が増えてきたため、長時間の外出は不安だった。

とはいっても、症状が重いわけじゃない。

空腹のときに吐き気を感じやすいとか、貧血気味になったり眠気がひどかったりするとか。

今のところは、ちょっと体調が悪いな……と感じる程度だ。

ただ、少しずつ体が変化していっているのは確かで、長時間の外出となると体調や体力的に心配だった。

そんな私に、尊さんはディナーに行くことを提案してくれた。

『だが、まずは依茉の体調を一番に考えよう。もし無理ならもっと落ち着いた頃にお祝いしよう』という言葉を添えて。

お店はすでに押さえてくれていたのだとか。

ディナーだけなら不安も少ないこともあって、私は二つ返事で『行きたいです』と笑顔を見せた。

今朝は近くのカフェでモーニングを楽しみ、ゆっくりと散歩をした。

昼食は尊さんが作ってくれたボロネーゼパスタを食べ、あまりのおいしさに感動してしまった。

その後、ふたりで映画を観ているうちにソファで眠ってしまった私が目を覚ますと、彼が膝枕をしてくれていた。

以前にも増して優しくなった尊さんに甘えたくて、目が覚めていたのに眠っているふりをしていたことはバレていたかもしれない。

けれど、彼はなにも言わずに私の傍にいて、ときおり頭を撫でてくれていた。

尊さんの態度に、面映ゆさや恥ずかしさを感じるけれど……。それ以上に、両想いだという現実に喜びでいっぱいで、あの日から毎日幸せを噛みしめている。

「依茉。そろそろ時間だ」

寝たふりをしていたはずなのに、いつの間にかまた眠ってしまっていたみたい。

彼の声で瞼を開けると、額に優しいキスが降ってきた。

「体調はどうだ？」

「大丈夫です。よく寝たからか、すっきりしました」

尊さんに支えられながら体を起こし、彼がかけてくれていたブランケットを畳む。

「じゃあ、もう少ししたら出よう。準備しておいで」

笑顔で頷けば、その返事とばかりに唇にそっとくちづけられる。

今日だけでいったい何度キスをしたのかわからない。

そんなことを考えてドキドキしてしまったことを隠し、私はお気に入りのワンピースに着替えて、メイクと髪をサッと直した。

尊さんが連れてきてくれたのは、三か月先しか予約が取れないという噂があるフレンチレストランだった。

料理はすべて、特別に仕立ててもらったみたい。

私が妊婦であることを伝えてくれていて、妊娠中は避けた方がいい食材を使わないように配慮され、私たちだけのために考えられたコース料理が振る舞われた。

アミューズのサザエとムール貝のオーブン焼きに始まり、アントレはオリーブ牛のポワレに冬野菜のグリエが添えられ、どれも絶品だった。

フルコースだったため、アントルメにフルーツ、カフェ・ブティフールまであって、さらにはお店側からのサービスでデコレーションケーキまで用意されていた。

さすがにケーキは食べ切れず、ウェイターが気を利かせてテイクアウトを提案してくれた。

「もう本当にお腹いっぱいです」

昼食は控えめにしておいたのに、今にもお腹がはち切れそうだ。

満足しつつも苦笑した私に、尊さんは嬉しそうにしていた。

「体調が悪くならなくてよかった。ケーキはまたあとで食べればいい」

ディナーの予約は早めだったため、まだ二十時前だ。

甘いものが好きな私は、きっと二時間もすればケーキも食べられるだろう。

彼はそれを見透かしているのか、「さっき出されたハーブティーも包んでもらおうか」と言った。

「いいんですか？」

「ああ。気に入ったならたくさん買っておこう」

「そんなにたくさんは……。でも、ケーキと一緒に飲みたいです」

尊さんがウェイターを呼び、ハーブティーの葉も用意しておいてほしいと伝えた。

それから程なくして、彼が愛用しているラグジュアリーブランドの腕時計をプレゼントしてもらった。

私の心は喜びでいっぱいになって、尊さんも穏やかに瞳を緩めている。

「大事にします」と満面の笑みを見せれば、さらに嬉しそうな表情を向けられた。

「そういえば、行きたいところを考えておいてくれ」

「行きたいところ？」

唐突になんの話かと小首を傾げると、彼がバツが悪そうに微笑む。

「初デートは失敗だったな、と思ってたんだ」

「それって、美術館のことですか？」

「ああ。依茉はあまり興味がなかっただろ」

「すみません……。私、芸術には疎くて……」

「いや、謝らなくていい。あれは俺の選択ミスだ」

申し訳なさそうな尊さんは、ずっとそんなことを気にしてくれていたのだろうか。

私は、彼と一緒にいられただけで嬉しかったのに……。

「静かに鑑賞できるから余計な気を使わせないかと思ったんだが、まったく楽しめなかったよな」

「そんなことありません。美術品はよくわからなかったけど、真剣に鑑賞する尊さんの横顔が見られて楽しかったですよ」

尊さんが目を小さく見開く。

「ふふっ、気づいてませんでした？　だって、私の気持ちを知られてしまったら尊さんに迷惑がかかると思って、こっそり見てましたから」

悪戯っぽく笑って種明かしをすると、彼の頬がわずかに赤らんだ。

珍しく照れた表情を見せる尊さんが、面食らったように大きな手で口元を覆う。

「ここであんまり可愛いことを言うな。人目も憚らずにキスしたくなるから」

そして、どこか不機嫌そうにそんなことを言い放った。

私を求めるような真っ直ぐな瞳に頬が熱くなり、急にドキドキしてしまって……。

「ゆ、遊園地……！」

うるさくなった鼓動を隠すように、咄嗟に思い浮かんだ場所を口にした。

「え？」

「遊園地に行きたいです。私、行ったことがなくて……」

「一度も行ったことがないのか？」

父が遊園地のような混雑する場所を好まず、学生時代の友人たちは生粋のお嬢様だったこともあって、友人同士で行くことも許されなかった。

そう説明すれば、彼が穏やかに微笑んだ。

「じゃあ、必ず行こう。これから悪阻もひどくなるかもしれないからさすがにすぐには無理だが、子どもが生まれて落ち着いた頃に家族三人で行くのはどうだ？」

「いいですね。きっと、この子も喜ぶと思います」

私が下腹部に触れながら笑みを零せば、尊さんの表情はさらに優しくなった。

「忘れられない思い出を作らないといけないな」

「はい」

彼がくれた未来の約束が、私たちの絆をまた少しだけ強くしてくれた気がした。

二　幸せを壊そうとする者

十二月に入ると、一気に寒さが厳しくなった。

今年の秋は暖かくて過ごしやすい日が多かった分、突然下がった気温に体が追いつかず、私は三日ほど体調を崩してしまった。

幸い、軽い風邪で済んだものの、入れ替わるように悪阻が重くなった。

今までは空腹時に感じていた吐き気が、わりと頻繁に起こるようになったのだ。

香水や芳香剤、柔軟剤といった人工的な香りが一番ダメで、体調が悪い日は服や部屋に残ったわずかな匂いでも吐き気を催す。

ボディクリームなどの身につけるものはできる限り無香料に変えたけれど、原料臭すら受けつけない。

特につらいのは、白米が炊き上がる匂いだった。

日によっては吐き気がなく、体調も食欲も普通なのに、炊飯器を開けた瞬間に症状が出てしまう。

趣味の料理も楽しめない日が増え、仕事にも少しずつ影響を及ぼしていた。

そんな中、尊さんは以前にも増して私を心配するようになり、仕事中も頻繁に電話やメッセージをくれている。

早く帰宅してくれることも多く、心細くなりがちな私はとても嬉しかった。

その分、彼は家で仕事をこなすようになっているため、きっと大変だろう。

けれど、そんな素振りを出すことはなく、常に私を気遣ってくれていた。

今夜も早めに帰宅してくれるようで、遅くても二十時にはならないと聞いている。

(今日は調子がいいし、なにか作ってみようかな。ご飯は炊かないようにして、煮込みうどんとかどうかな？　って、尊さんはうどんなんて食べるかな……)

イタリアンやフレンチは似合うし、和食だって食べる姿は様になっている。

ただ、尊さんと煮込みうどんを想像すると、どうにもアンバランスに思えてクスッと笑ってしまった。

(きっと、食べてくれるよね)

優しい彼のことだから、お礼を言って食べてくれるに違いない。

散歩も兼ねて買い物に行こうと身支度を整えていたとき、軽快な着信音が鳴った。

尊さんだろうと予想し、スマホを手に取る。

ところが、ディスプレイに表示されていたのは彼の名前じゃなくて、知らない番号だった。

誰だろう、と小首を傾げつつも通話ボタンをタップする。

「もしもし？」

『依茉さんだね？』

ほんのわずかな警戒心を抱えていると、予想だにしない人の声が聞こえた。

「えっ……お義父様⁉」

電話口に語りかけながら、驚きを隠せない。

一気に緊張感が込み上げてきて、思わず背筋を伸ばしていた。

『ああ、そうだ』

私の連絡先をどこで手に入れたのかと考えて、すぐに父の顔が浮かぶ。

尊さんや姉が教えるとは思えなかったため、父じゃなければなにかしらの手を使って調べたのだろう。

『急にすまない。どうしても君と話したいことがあって、連絡をさせてもらった』

そして、お義父様が私に電話をかけてくることを彼には知らされていないのは、すぐに察した。

「は、はい……。あの、お話って……？」

『息子に……尊には内緒で会いたい』

「え……？」

『今まで私が間違ってた。一度、君ときちんと話し合いたい』

突然の申し出に、困惑するしかなかった。

これまでなら考えられないような殊勝な態度にも、戸惑いを隠せない。

『会ってくれないか？　できれば今日、これからだとありがたい』

ただ、断れるはずもなかった。

「……わかりました。どちらにお伺いすればよろしいですか？」

不安はあるし、尊さんに言わずにお義父様と会ってもいいのか……とも思う。

私がずっと宝生家の誰にも会っていないのは尊さんの意向で、それが私を守るためだというのは重々わかっていた。

だからこそ、この選択が正しいとは言えない。

『ありがとう。では、これから言う場所に来てほしい』

それでも、お義父様の要求を呑んだのは、もしかしたらお義父様の考えが変わったのかもしれない……という可能性も感じたから。

優しい声音と懺悔《ざんげ》に似た言葉を信じたい、と思ったのだ。

今すぐに認めてもらえなくても、もしかしたらそこに繋がるなにかがあるのかもしれない。

淡い期待を抱えた私は、指定された場所をメモに取る。

そのまま急いで家を出てタクシーに乗り込み、妊娠のことは伏せるべきだと考えながら目的地へと向かった。


都内有数の高級料亭。

(ここで合ってるんだよね……?)

周囲をキョロキョロと見回し、重厚な門を潜っていいものかと躊躇する。

恐らく一見さんはお断りされるであろう雰囲気が、私の足を竦ませそうになった。

けれど、ここで立ち止まっていても仕方がない。

自分自身にそう言い聞かせて門を通り抜けて歩いていくと、着物姿の女将《おかみ》に出迎えられた。

「ようこそいらっしゃいませ。お連れ様がお待ちでございます」

私がなにか言う前に、彼女がすべてを知っているかのように中へと促す。

女将の案内で長い廊下を進んでいくと、最奥の部屋のふすまの前で「こちらでございます」と一礼された。

「失礼いたします。お連れ様がお見えになりました」

丁寧な仕草でふすまが開けられた直後、広い和室が視界に入ってくる。

部屋の中心に置かれたテーブルを囲むように座っていたのは、お義父様とエレンさんだった。

動揺した私は、挨拶すら紡げない。

「こんにちは、依茉さん。天羽グループのパーティー以来ですね」

そんな私とは対照的に、エレンさんは笑顔でいる。

女将に促されてどうにか室内に足を踏み入れた私を、歓迎するかのようだった。

「依茉さんはこちらへ。私は尊さんのお父様のお隣にお邪魔しますから」

その言葉だけで、私たちの力関係がくっきりと示される。

エレンさんはお義父様の隣に腰を下ろし、私にその対面を勧めた。

とにかく言われるがままの私は、ようやく声にできた「失礼いたします」という断りを添えて席に着く。

このときにはもう、まったく歓迎されていないことを悟っていた。

「あの……お義父様……。お待たせしてしまい、申し訳――」

「私が間違ってたよ」

私の声が遮られ、冷たい声音が鼓膜を突く。

同時に、心臓が大きく跳ね上がった。

「ただ反対するだけではなく、もっと早くにこうして君と会って対処していればよかった。東雲家の人間の顔を見るだけでも反吐《へど》が出そうだが、あの姉よりは扱いやすそうだからな」

わかりやすいほどの拒絶を見せられ、抱いていた淡い期待は脆《もろ》く崩れていった。

「尊と別れてくれ」

「っ……」

「大事な跡取りだからこそ、人気モデルの姉と違ってなんの価値もない君は息子の妻にふさわしくない。尊の役に立てないのに妻だなんて、いくらなんでも図々しすぎると思わないか？　没落した家柄らしく、君自身も身の程をわきまえるべきだ」

恨み交じりの口調が、全力で私を拒絶している。

あの夜と同じように……。

「まったく……。君の父親にも困ったものだ。娘ひとりも満足に扱えないなんて、器が知れるな」

侮蔑《ぶべつ》、怒り、嫌悪感。

そのすべてを混ぜたどす黒い声音が、鋭い刃となって私の心を容赦なく突き刺す。

「姉の方ならモデルとして絶大な人気があり、尊と並べば絵になって大きな話題を呼んだだろう。スポンサーや筆頭株主の受けもよかった。それに、優茉が持ってるコネクションも魅力的だったからこそ、商才のない東雲家を援助してきたんだ」

そして、傷口を深く大きくするがごとく、グリグリと抉っていった。

「前にも言ったが、エレンさんは尊が既婚者であることも承知してくれている」

忌々《いまいま》しいものを語るような目は、絶対零度の冷たさだ。

「そうだね、エレンさん？」

反して、お義父様がエレンさんに向ける眼差しは、同じ人物とは思えないほど上機嫌なものだった。

「ええ。婚姻歴なんてまったく問題はありません」

すかさず彼女が大きく頷き、余裕を浮かべるように笑顔を見せる。

「私はずっと尊さんのことを慕っておりましたから、再婚相手になれるだけで幸せです。尊さんと結婚した暁には、宝生家の妻として公私共に彼を支えられるよう、精進いたします」

「そういうわけだ。返事は、年明けに行われる創業記念パーティーで聞かせてくれ。もっとも、君の答えはひとつしかないはずだがな」

選択肢を与えられない私は、言葉もなくこの場にいることしかできなかった。

するとエレンさんに微笑を向けられる。

その表情は好意的であるようでいて、ひどく冷ややかなものだった。

「もうお帰りになってはいかがですか？　私たちはこれから昼食をいただきますが、依茉さんにはこういったお店は気が重いでしょう。あの東雲家のご令嬢と言っても、今では……ねぇ？」

侮蔑を込めた声音が、私を全力で拒絶している。

思考が上手く働かない中でも『早く帰れ』と言われているのだと悟り、どうにか足に力を入れた。

全力の強がりを纏って頭を深々と下げ、震えそうな声を必死に絞り出す。

「失礼いたします」

部屋を出て廊下を進みながら、何度も足が縺《もつ》れそうになった。

廊下はこんなにも長かっただろうか……。

入口はこんなにも遠かっただろうか……。

足が微かに震えていることには気づかないふりをして、どうにか歩を進めて入口にたどりつく。

さきほど案内してくれた女将は、余計なことは口にせずに私を丁重に見送った。

（どうして認めてもらえるかもしれないなんて思ったのかな……）

淡い期待だったとしても、あまりにも浅はかすぎた。

後悔してももう遅いのに、脳内の処理が追いつかなくて……。私の思考を埋め尽くしているのは後悔ばかりで、今は他のことを考える余裕はない。

どこに向かえばいいのかわからないままに歩いていたとき、不意に胃のあたりがムカムカし始め、気分が悪くなって道端でうずくまってしまった。

「尊さん……」

膝を抱えてしゃがみ込んだ私の口から零れたのは、今すぐに会いたい人の名前。

なんでもいいから、ただ抱きしめてほしかった。

幸せだった日々が打ち砕かれそうな予感に、不安と恐怖でいっぱいになる。

吹きつける冷たい風にまで責められているようで、私はしばらくこの場から動けなかった――。

それから半月以上が経っても、お義父様と会ったことは尊さんには言えなかった。

本当は、あの日の夜に話すつもりだった。

勝手なことをした件に関してたしなめられたとしても、彼にはきちんと言わなければいけないと思っていたから……。

けれど、尊さんの顔を見るたびに、どんどん言い出せなくなっていった。

彼はずっと、私を守るために動いてくれている。

私に少しでも危害を及ばせないように自分の気持ちを隠し、姉との婚約破棄の計画を進め、本心を伏せて私と結婚した。

その後も、私を矢面に立たせないようにしてくれていた。

そんな風にして、私の知らないところでたくさん守り続けてくれた。

にもかかわらず、私の身勝手な判断でお義父様に会いに行ったことによって、こんなことになってしまったのだ。

申し訳なさと罪悪感で、時間が経てば経つほどに言えなくなった。

(でも……このまま黙ってるわけにも……)

尊さんが私を守るために自分の気持ちを隠していたと知ったとき、私は納得した反面、彼の本心が知りたかったとも思った。

もちろん、尊さんが私を想ってくれているということだけで充分だと感じたのも、決して嘘じゃない。

ただ、こうして両想いになれた今は、少しだけ考え方が変わった。

守られるだけじゃなくて、一緒に頑張りたかった。

そんな気持ちが芽生え、あのときになにも知らずにいた自分自身に悔しさすら感じている。

きっと、私は彼と苦しみを分かち合い、一緒に乗り越えていきたかったのだ。

丸《まる》の内《うち》の空を塞ぐようなビルを眺めながらそんなことを考えていると、柔らかな声音に呼ばれて周囲を見回した。

「依茉」

直後、歩道に寄せられた一台の車が目に留まり、自然と笑みが零れる。

左ハンドルの車から手招きしている姉のもとに、急ぎ足で向かった。

「乗って」

右側に回って助手席に乗り込むと、姉はすぐに車を発進させた。

「久しぶりね。元気だった？」

「うん。お姉ちゃんは？　っていっても、よくテレビで観てるけどね」

姉は今、フランス発祥のラグジュアリーブランドのアンバサダーをしていて、テレビを点ければ毎日のようにＣＭが流れている。

雑誌で見かけることも珍しくはない。

「ふふっ、ありがとう。おかげさまでしばらくは仕事が途切れることはなさそうよ」

「すごいね。さすがお姉ちゃん」

「私は自分にできることをやってるだけよ。そんな私を応援してくれる人たちがいるから、こうして仕事をさせてもらえるの」

サングラス越しにうっすらと見える双眸を緩める姉は、美しい外見ばかり取り沙汰されているけれど、子どもの頃から負けず嫌いで努力家だった。

そんな姉の姿をずっと見てきた私は、姉のことを尊敬している。

だから、両親に姉と比べられても、姉を嫌うことはなかったのかもしれない。

もっとも、姉自身が私を可愛がってくれているというのもあるけれど。

「依茉は体調はどう？　まだお腹は目立たないみたいだけど、ちゃんと食べてる？少し痩せたんじゃない？」

「そんなことないよ。悪阻はあるけど、ご飯がまったく食べられないような日はないし、普段はちゃんと食べてるよ」

「それならいいけど……。依茉って変なところで我慢強いから心配だわ」

「大丈夫だよ。もう子どもじゃないし」

「子どもじゃなくても、私にとってはずっと可愛い妹なの。尊さんにはしっかり釘を刺してあるけど、改めてちゃんと言っておいた方がいいかしら」

姉がいつ尊さんに釘を刺したのかはわからないけれど、慌てて「そんなことしなくていいよ」と返す。

「尊さんはいつも私を気遣ってくれてるし、私が食べられそうなものを買ってきてくれたり作ってくれたりもするんだよ。掃除や洗濯もしてくれて、尊さんが休みの日なんて私はなにもさせてもらえないくらいなんだから」

「あら、そうなの。あの人、家事なんてするのね。当たり前のように『全部外注すればいい』とか言いそうなタイプなのに」

意外そうな顔をした姉の推測は、たぶん間違っていない。

現に、尊さんはずっとハウスキーパーを雇っているし、私の妊娠が発覚してからは料理も外注しようとしてくれていた。

私がそれを断ったため、彼が色々としてくれているだけなのだ。

「尊さんって料理が上手なんだよ。一番おいしいのはパスタなんだけど、和食も作ってくれるの。今まであんまり作ったことがないみたいなのに、動画とか観て勉強してくれてるんだ」

「そう。愛されてるわね」

「へっ……？」

思わず運転席側を見ると、姉がにっこりと微笑んでいた。

「自覚がないの？それじゃあ、尊さんがあまりにも可哀想よ」

「そういうわけじゃ……。その……大切にされてるなって思うけど、『愛されてる』って言われるとまだちょっと実感が湧かないことがあるっていうか……」

「ふふっ、尊さんの苦労がわかる気がするわ。でも、依茉に振り回される彼は見物でしょうね。あなたたちの生活を見てみたい」

クスクスと笑う姉は、まるでドラマでも楽しみにしているかのように言う。

「振り回してなんて……！　むしろ、私の方が尊さんに翻弄されてばかりだし……」

「それはどうかしら？」

「え？」

「はい、着いたわよ」

意味深に唇の端を持ち上げた姉に小首を傾げると、いつの間にか車が地下駐車場に停められていた。

姉に促されるがままに車から降り、エレベーターに乗り込む。

三階建ての低層マンションの三階が、姉と侑吾さんの住居のようだった。

「まだ散らかってるんだけど、座るところくらいはあるから」

苦笑した姉に案内されたリビングには、段ボール箱が積み上げられている。

「ここは2LDKなんだけど、部屋に荷物が収まり切らなくて……。ウォークインクローゼットもあるのに、おかしいわよね」

真剣な顔でそんなことを言う姉に、今度は私が苦笑いしてしまう。

「お姉ちゃんの服とバッグのせいじゃなくて？」

「だって、仕方ないじゃない。職業柄もあるけど、服もバッグも好きなんだもの」

「侑吾さんにはなにも言われないの？」

「呆れられてるかもね。でも、そういうところも含めて私だから。そもそも、侑吾だってカメラオタクだし、仕事で使わない機材もたくさんあるんだからお互い様よ」

「似たもの夫婦だね」

「そうかも」

楽しそうな姉からは、幸せオーラが漂っている。

姉たちのやり方が正しかったのかは、正直に言えば私にはわからない。

けれど、姉の笑顔を見ていると、間違っていたとも思えなかった。

「お姉ちゃん、すごく幸せなんだね」

「当たり前でしょう。好きな人と一緒にいられて、やり甲斐のある仕事もあって、応援してくれる人たちがいて、可愛い妹もいる。これで幸せを感じないなら贅沢すぎるわ」

満面の笑みの姉の瞳は、とても優しかった。

「依茉は？　ちゃんと幸せ？」

「うん」

迷うことなく頷いたあとで、ふと心に影が落ちる。

尊さんと過ごす日々は幸せで、彼に大切にされているとも思う。

お互いの想いを打ち明け合ってからは、甘く優しい時間を積み重ねてきた。

けれど、お義父様のことは相変わらずなにも解決していなくて、尊さんにも伝えられていない。

「なにかあったのね？」

私の表情が曇ったことに気づいた姉が、心配そうに眉を下げた。

「この間、お義父様に会ったの……。尊さんには内緒で……」

「『身を引け』とでも言われた？」

「うん……。尊さんの婚約者候補の女性も一緒にいて、そんな感じの話をされた」

「あの人がやりそうなことね。なんでもお金と力で物を言わせるようなタイプだから、そのうち依茉にもなにかするだろうとは思ってたけど……」

どうやら、姉にはお義父様の行動がよくわかっているみたいだった。

「それで？　尊さんにはまだ話せてないのね？」

小さく頷けば、姉が呆れたようにため息をついた。

「ねぇ、依茉。私はいつだって依茉の味方だし、なにかあれば全力で力になる」

「お姉ちゃん……」

「でも、あなたが相談するべきなのも、頼るべきなのも、今は私じゃない。依茉にとって一番大事な人にちゃんと相談しなさい」

真っ直ぐな瞳に、胸が痛くなる。

言い訳ばかり考えてなにもできていなかった自分の幼さや浅はかさを思い知らされて、情けなくもなった。

「でも、尊さんに呆れられたりしないかな？　やっぱり足手纏いだって思われたりしたら、私……」

私の頬をむにっと抓《つね》った姉が、さきほどよりもさらに呆れたように微笑む。

「愛してる人を信じないでどうするの？」

力強い言葉に、ハッとさせられた。

「自分の気持ちを言わない依茉が、尊さんとの結婚は自分の意志で決めたんでしょう？　こんなことで迷う必要なんてないのよ」

なにを戸惑っていたのだろう、と自分自身に問いかけながらも、もうどうするべきかはわかっていた。

「頑張りなさい。あなたたちは愛し合ってる夫婦なんだから」

「うん、ありがとう」

覚悟を決めた私に、姉は優しい笑顔で相槌を打つように頷いてくれた。

三　揺るがない想い　Side Mikoto

依茉から父と会ったことを聞かされたのは、クリスマスの夜。

自宅に出張シェフを呼び、ディナーを楽しんだあとのことだった。

一流と名高い三十代のシェフが織り成す創作フレンチに舌鼓を打ち、夫婦で彼を見送って程なく、ソファに座った彼女から神妙な顔で事の経緯を告げられたのだ。

「お義父様のお怒りはもっともだとわかってます。もともとは姉の婚約破棄で多大な損害を負わせてしまってるので、恨まれるのも当然です」

瞳を伏せた依茉が、静かに息を吐く。

「それに……私よりもエレンさんという女性の方が、尊さんにふさわしいとも思います。でも……」

程なくしてグッと顔を上げると、涙を堪えるような双眸で俺を見た。

「私は、尊さんと一緒にいたいです。だから……」

そのいじらしさに、胸の奥が締めつけられる。

咄嗟に、彼女の話を遮るようにして華奢な体を抱きすくめた。

「依茉がそんな目に遭ってたことに気づかなくて、本当にすまない……」

ここ最近、依茉の様子がおかしいと思ったこともあった。

しかし、彼女にそれとなく訊いても、『体調が優れないせいですから』と答えるだけだった。

そして、俺はわずかな違和感を覚えながらも、その言葉通りに受け止めていた。

多田さんのヘッドハンティング、友利薬品との話し合い、新企画。

様々な仕事に追われる中、もちろん通常業務だってある。

少しでも早く帰宅するだけで精一杯で、依茉のことも悪阻のせいだと思い込んでいたのだ。

なぜもっと注意深く見ておかなかったのか、と後悔の念でいっぱいになる。

父が依茉に接触する可能性も考えていたというのに、自分の詰めの甘さに呆れ、怒りも湧いてくる。

彼女に想いを伝えてからというもの、幸せボケしていたのかもしれない。

いったい、なんのためにずっと依茉に想いを隠していたのか……。

幸福感に浸って足元を掬われてしまっては、これまでの苦労が無意味になる。

「俺がもっと気をつけていれば、依茉にこんな顔をさせることもなかった……」

「尊さんのせいじゃありません」

不甲斐ない自分自身に苛立つ俺に、顔を上げた彼女が柔らかく微笑む。

依茉はいつもそうだ。

自分がつらくても傷ついても、決して俺を責めない。

健気でいじらしいそんな姿を見せられると、彼女を守りたい……という思いがもっと強くなる。

体をそっと離すと、微笑んでいた依茉がどこか悲しげに眉を下げた。

「そんな顔しないでください。尊さんはもう充分すぎるほど私を守ってくれてるんですから」

彼女の表情に母性が滲んでいる気がして、胸の奥が温かくなっていく。

同時に、言葉では言い尽くせないほどの愛おしさが込み上げてきた。

「ありがとう」

頬に触れると、依茉が少しだけくすぐったそうに肩を竦める。

こうして笑ってくれるだけで、負の感情が和らいでいく。

俺の心に穏やかで温かい感覚を与えてくれる人は、今まで誰もいなかった。

彼女に出会ってようやく、〝愛おしい〟という感情を知ったのだ。

「父のことは心配しなくていい。必ず説得する。そのためにずっと動いてきたんだ」

「はい」

意を決したような面持ちになった依茉が、しっかりと頷く。

年が明ければ、宝生グループの創業記念パーティーが開催される。

本来なら、今回のパーティーでは俺と優茉さんの結婚を大々的に発表する予定だったため、例年よりも規模が大きい。

そこに向けて、俺はずっと水面下で準備を進めてきた。

祖父と父からは、依茉の出席は認められていない。

しかし、父は『お前と彼女に話がある』と言い、パーティー会場のホテルの一室を取り、そこに依茉を待機させておくように告げてきた。

そして、俺はそれに同意した。

もっとも、あくまで表面上では……という意味で、だ。

「パーティー当日は、俺の隣で堂々としていてほしい」

「はい」

「なにがあっても、依茉のことは俺が絶対に守るから」

依茉をもう一度抱きしめれば、腕の中で彼女が首を大きく縦に振った。

「大丈夫です。私はなにがあっても尊さんを信じてますから」

依茉の腕が俺の背中に回り、ぎゅっと力が込められる。

その行為には、彼女の信頼が表れていた。

＊＊＊

新年を迎えて、二週間ほどが経った頃。

予定通り、宝生グループの創業記念パーティーが開催された。

このパーティーには、宝生堂と宝生製薬の役員を始め、取引先の役員や筆頭株主を中心に招待している。

招待客は、優に五百人を上回っていた。

外資系ホテルの大宴会場を貸切り、立食式のため、招待客たちは各々挨拶回りに勤《いそ》しんでいるようだった。

本来なら俺も依茉とともに会場を回りたいところだが、祖父と父の目がある手前、あまり派手に動くことはできない。

しかし、それもこれまでのこと。

「皆様、本日はお忙しい中お集まりいただきまして、誠にありがとうございます」

表向きは進行役として壇上に上がった俺は、自分の計画を笑顔で隠してマイクの前に立った。

「このたび、私が取締役を務めます宝生堂では、ソルシエールさんとの共同企画として、新たな企画を執り行うことになりました」

招待客の視線が、会場内にいる藤園さんに向く。

彼は人々を魅了する容姿を惜しみなく使うかのように、美しい双眸を緩めて優雅に微笑んだ。

「ソルシエールさんの持つ化粧品の開発技術と、私共が培ってきた基礎化粧品の開発技術を互いに共有し、両社のクレジットを入れた商品の販売が決定いたしました。こちらにつきましては、後ほど藤園社長とともにご説明させていただきます」

ここまでは予定通り。

祖父も父も、そして俺と依茉の結婚に反対している自社の役員たちも、満足そうにしている。

「そしてもう一点、こちらは私事になってしまい大変恐縮ですが、皆様にご報告させていただきたいことがございます」

堂々と振る舞う俺に反し、壇上の傍に控えていた祖父と父の顔色が変わる。

けれど、もう遅い。

「すでにメディアで取り上げられておりましたのでご存知の方もいらっしゃるかと思いますが、昨年私は大切な方と入籍いたしました」

父たちが動くよりも一拍早く、はっきりと言葉を紡ぐ。

「まだまだ若輩者ではありますが、今後は夫婦で手を取り合い宝生グループの発展に尽くしてまいります。後ほど、妻とともに皆様のもとへご挨拶に伺わせていただきますので、どうか温かく見守っていただけましたら幸いに存じます」

会場内はざわめいていたが、俺が一礼するや否や、大きな拍手が湧き上がった。

祖父と父の顔は怒りに満ちていたが、この場では怒鳴ることはおろか、迂闊《うかつ》に話すこともできないだろう。

俺と依茉、優茉さんとの関係や経緯は、すでにメディアでは周知されている。

それは、ここにいる者なら知っているはず。

天羽グループのパーティーでも依茉を同伴させていたし、そのときの出席者には彼女を妻として紹介もしている。

ただ、宝生グループとしては公の場で声明を出しておらず、俺もしばらくはメディアでの仕事を控えていたため、明言はしてこなかった。

メディアが手にしていたのは、優茉さんの会見やコメントのみ。

つまり、大衆に向けて俺の言葉で話すのは今日が初めて……というわけだ。

すべて計画通りだった。

俺が大人しく従うと思っていた祖父と父にとっては、寝耳に水だったに違いない。

反して、ふたりがこの場ではなにもできないことを想定していた俺にとっては、おもしろいほど順調だった。

依茉は、俺の挨拶が始まったタイミングで和泉にここに連れてこられたばかりということもあって、まだ状況を呑み込めていないようだった。

彼にマイクを渡し、予定通り進行役を交代する。

「あの、尊さん……」

パステルパープルのドレスを着た彼女は、不安げな顔で俺を見上げてきた。

「心配するな。俺の隣に堂々と立って、俺の妻であることを見せつけてやればいいだけだ」

耳元で囁き、腕を差し出す。

依茉は緊張した様子だったが、小さく頷いて俺の腕に自身の手を絡めた。

祖父と父の怒りの目が俺たちに向いていることは気づいたが、笑い飛ばしたくなるくらいなにも感じない。

優秀な和泉が淡々と進行する中、俺は彼女を伴って挨拶回りに動いた――。

パーティーは滞りなく進み、和やかな雰囲気で終わりを迎えた。

依茉を紹介する中で、彼女がモデルの優茉の妹だということに好奇の目を向ける者もいた。

しかし、依茉本人は気にしていないように始終微笑んでいた。

その凛とした振る舞いには感心したほど。

少し前まで不安そうにしていたのが嘘のようで、常に堂々としている優茉さんの姿を思い出し、血は争えないな……などと考えてしまった。

「疲れただろ。あともうひと踏ん張りだから」

「大丈夫です。まだまだ頑張れます」

気づいた者もいるかもしれないが、依茉の妊娠はあえて公表しなかった。

そのため、妊婦だというのにろくに休憩もさせてあげられなかったが、彼女は「今日は調子がいいんです」と笑った。

「もしかしたら、この子も私たちのことを応援してくれてるのかも」

「だったら、ケリをつけるところを見届けてもらわないといけないな」

「はい」

依茉と繋いでいる手に力を込め、父が取っている部屋に向かう。

そこにはすでに祖父と父、長妻薬品の社長と令嬢のエレンさん、そして兄と和泉が待っていた。

「遅い！　いったいどれだけ待たせるつもりだ！」

開口一番、父が烈火のごとく怒りをぶつけてくる。

それは待たせたことよりも、俺の勝手な振る舞いへの苛立ちだったのだろう。

けれど、最初に怒鳴られたことによって、より冷静になれた。

「申し訳ありません。ですが、依茉は妊婦です。そう怒鳴らないでください」

俺が淡々とした口調で返すと、依茉が妊娠していることを知っている兄と和泉以外が驚愕したような顔になった。

「ご報告が遅れましたが、依茉は妊娠しています。予定日は六月頃です」

「なっ……！　お前……！」

祖父や父の視線が、依茉の下腹部に向く。

彼女は一瞬たじろぎそうになりつつも、すぐに息を小さく吐いてふたりを真っ直ぐ見つめ返した。

「先に言っておきますが、俺はなにを言われても依茉と別れる気はありません。そちらのご令嬢と再婚する気もさらさらありませんよ」

言葉を失っている面々を前に、和泉に目配せをする。

彼は、依茉とともにテーブルに着いた俺の傍に来ると、サッと資料を出した。

「では、本題に入りましょうか」

「本題？」

祖父の眉がピクリと動き、怒りを残した目が俺に向けられる。

「ええ、そうです。長妻薬品が宝生製薬に送り込んだスパイによる情報漏洩《ろうえい》の件について……と言えば、長妻社長はお心当たりがあるのでは？」

俺が笑顔を向けた瞬間、長妻社長の顔色が変わる。同じく、エレンさんも真っ青になった。

祖父と父が慌てたようにふたりを見るが、その顔はまだ半信半疑だと語っている。

すでに証拠を手に入れている俺は、核心に触れ始めた。

「先月上旬、宝生製薬で開発中の新薬の情報が漏れた……という話が、長妻社長から父さんたちの耳に入ったはずです」

事の発端は、和泉と内々に長妻薬品について調べていたこと。

約三か月後に、宝生製薬と長妻薬品は業務提携を結ぶことが決まっており、水面下で準備が進められてきた。

しかし、業務提携とは世間的に向けた形だけのもの。

平たく言ってしまえば、長妻薬品は宝生製薬の傘下に入ることになっていた。

長妻薬品は数年前から収益が赤字続きで、世間での認知度とは裏腹に会社の存続が危ういところまで来ている。

ただ、長妻薬品の技術と知識、複数の特許は、同じ業界にいる人間なら多大な価値があることは重々理解している。

そこに目をつけた父が、一年ほど前に形ばかりの業務提携を持ちかけたのだ。

俺が長妻薬品について調べ始めたのは、依茉との結婚を認めさせるきっかけを掴めないだろうか……と考えたから。

そこでまさか、長妻側のおかしな動きにたどりつくとは思いもしなかった。

兄に内々に相談したところ、兄から『不可解な出来事がある』という証言が取れ、和泉も含めて秘密裏に調べることにした。

すると、〝宝生製薬にスパイが潜り込んでいた〟という事実にたどりついたのだ。

「しかし、その情報漏洩こそが、長妻社長が仕込んだスパイが流したものです」

絶句する祖父と父には構わず、滔々と話を続ける。

「最初に異変に気づいたのは兄でした。半年ほど前にやってきた尾白と名乗る研究員の動きがどうにもおかしい、と」

兄が尾白に目をつけたのは、ごく限られた人間しか入れない研究室について何度も質問をしてきたことがきっかけだったのだとか。

そこでは新薬の研究が行われており、兄を含めた優秀な研究者の中でもさらに限られた数人しか立ち入ることが許されていない。

それを知った尾白が、入室方法や新薬のことを執拗に知りたがっていたという。

研究員として興味を持っているというより、興味本位で探っているようにも感じ、兄は妙な感覚を抱いたようだった。

そんな経緯で尾白を調べたところ、彼が長妻薬品の研究員だったことがわかった。

ところが、長妻薬品にいたときには今とは違う名字を名乗っており、尾白は彼の母親の旧姓だったことまで発覚した。

「尾白はなぜか自分の研究ではないものも積極的に手伝い、無駄に遅くまで残っている。その上、やけに羽振りがいいようでした」

そこへ新薬の情報漏洩の件が父や俺たちの耳に入り、同時に尾白が消えた。

一身上の都合で退職することが、二か月ほど前から決まっていたらしい。

あまりのタイミングのよさを不審に思っていたところ、彼はドバイに飛んでいることがわかった。

出来すぎたシナリオに思えたのは、俺だけではないだろう。

和泉をドバイに向かわせたところ、尾白はあっさり白状したのだ。

「長妻社長には、『確かな筋からの情報だ』とでも言われましたか？　この業界にいれば長妻薬品のツテの多さは周知の事実ですから、信憑性《しんぴょうせい》もあったでしょうね」

長妻社長には、業界内外問わず多くのコネがある。

父がそこにも魅力を感じていたのは、言うまでもない。

しかし、そのことこそが父の判断力を鈍らせたのだろう。

『確かな筋からの情報で、宝生製薬の新薬の情報が漏れていることを確認した』とでも言われれば、父も普段よりは簡単に信じてしまうに違いない。

業務提携が決まっている相手が自分を騙すなどとは思わず、情報漏洩によって被る損害を食い止めることばかりに気を取られたのだろう。

この新薬開発に父が何年も莫大な金額を注いでいたのは知っているため、それくらいのことは安易に想像できた。

「長妻社長のおかげで情報漏洩による損害はなかった、と聞いてます」

真相を話せば話すほど、父は言葉を失ったかのように呆然としていく。

「ですが、そもそも尾白を宝生製薬に送り込んで新薬の情報を盗ませたのは、長妻社長自身です。長妻社長の描いたシナリオ通りに事が進んだだけの話だ」

長妻社長とエレンさんは、真っ青な顔で下を向いていた。

ドアに繋がる廊下には兄と和泉が立っているのもあるだろうが、もう逃げ場がないのが明白だからだろう。

「さて……」

俺が静かに息を吐くと、長妻社長の肩が大きく跳ね上がった。

「尾白はすべて吐きましたよ。長妻社長とエレンさんに頼まれたことだ、と。スパイを用意するなら、素人相手に簡単に口を割るような人間を使わないことだ」

和泉の追及ですぐに白状したくらいなら、どのみちボロが出ていたに違いない。

あまりに低俗で、失笑しそうになったほどだ。

「あとは警察に任せますが、言い逃れができないことはわかりますね？」

恐る恐る顔を上げた長妻社長が、悲壮感でいっぱいの目で俺を見てくる。

「ま、待ってくれ……！　違うんだ！　私はただ、うちに有利な形でどうにか提携できないかと思っただけで……本気で宝生製薬を貶《おとし》めるつもりはなかった！　その証拠に情報はどこにも出してない！　それも調べてあるんだろう⁉」

彼は焦りつつも卑しい笑みを浮かべ、俺を見ながら保身に走り出した。

「エレンと尊さんが結婚すれば、長妻が安泰なのは間違いなかった！　だから、情報漏洩の件で恩を売って縁談を進め、業務提携でも有利になるようにっ……！」

確かに、新薬の情報自体はどこにも漏らされていないようだった。

それは、尾白の証言からも間違いないだろう。

彼自身は多額の金に目が眩《くら》んだだけで、『そもそも研究員としてやっていく気はなかった』と言っていたような人間だ。

研究の内容に興味があったとは思えない。

尾白の件はすでに警察に任せてあるため、仮に彼がどこかに情報を漏らしていたとしてもすぐに明かされるはず。

それに、新薬については来週早々に公表される。ここまで来れば、今さらどうにかできるとも思えなかった。

「うちが恩を売れば、提携も結婚も今よりも有利に進むと思ったんだ！」

「ええ、そうですね。だが、問題はそこではないことくらいわかるはずです。業務提携どころか、長妻薬品はもう終わりでしょう」

「まっ……！　頼む！　待ってくれ！」

「話があるなら警察でどうぞ。うちの秘書が呼んだ警察が、外で待機してくれていますから」

俺の合図で兄と和泉が頷き、長妻社長とエレンさんが半ば強引に部屋の外へと連れ出される。

祖父と父は、もう長妻社長たちには見向きもしなかった。

外では騒ぎになっていたが、そう時間が経たないうちに複数の足音が遠ざかっていった。

水を打ったように静まり返った部屋に、俺はわざとらしいほどのため息を落とす。

「目先の利益に目が眩んで、足元を掬われましたね。父さんらしくもない」

俺の知る限り、祖父も父も用心深い性格で、自身の懐に入れる人間はごく一部だ。

そこを掻い潜ってきた長妻社長の手腕が優れていたのも間違いないが、父に油断と焦りがあったのも事実だろう。

「長妻薬品との業務提携は宝生製薬の利益のためというのは大前提でしょうが、俺と依茉を別れさせる目的もあったのでしょう？　そこに付け込まれましたね」

同じように経営難に陥っていたとしても、東雲よりも長妻と手を結ぶ方が宝生グループの利益になる。

父にしてみれば、優茉さんを手に入れられなかった分、どうにかそこに次ぐくらいの利益が生み出せる結婚相手が欲しかったはずだ。

野心家で強欲な長妻社長は、そういったことを見透かしていたのだろう。

「宝生堂の社長として、会長と社長に言わせていただきたい」

しかし、俺は父たちの思い通りになるつもりはない。

「絶大な人気を誇る広告塔を使って利益を出すことは、企業としては正しい。ですが、自社製品ではなくタレント頼みをするような会社はいずれ潰れるでしょう」

そもそも、タレントが必ずしもクリーンであり続けてくれる保証はない。

ひとたびスキャンダルを起こされれば、株価の下落や自社へのクレームなどに繋がり、大きな不利益を被る可能性は大いにある。

「自社の力で勝負できずに、この先も生き残れるはずがありません」

だから、俺は自社の製品で勝負できる会社でありたいと思っている。

そのためにも、同業他社であるソルシエールと互いの得意とする技術を共有し合うという、リスクの高い企画を進めてきた。

依茉との結婚を認めさせるのはもとより、宝生堂の今後も見据えた上での決断だ。

「俺は、宝生の人間として会社のために生きるつもりはあります。ただ、それはあくまで社長として、です。プライベートまで差し出すつもりはない」

はっきりと言い放ち、彼女の手をそっと握る。

「父さんたちがなんと言おうと、俺は依茉と別れる気はありません」

そして、決して揺るがない意志を突きつけるように、父を真っ直ぐに見た。

「……まさかと思っていたが、お前と優茉さんは結託してたのか」

そう切り出した父が、すべてを悟ったように力なく笑った。

「優茉さんの結婚を知っても、お前はやけに冷静だったな。私の前では驚いていたが、よく考えてみればそれ以降はあまりにも落ち着きすぎていた」

父は自嘲交じりの笑みを浮かべながら、これまでの俺の目論見に気づいたかのように言い切った。

「普段通りと言えばそうだが、それにしては依茉さんとの結婚に対しても用意が周到だった」

「そうでもしなければ、破談になんてできませんからね」

「そこまでして私に反抗したかったのか……」

呆れたような、絶望したような顔は、厳格な父を小さく見せた。

けれど、俺はもう自分の本心を隠す気はない。

「反抗したかったのではなく、愛する女性と結婚したかった。もともと政略結婚には乗り気じゃなかったが、優茉さんと話しているうちに父親の言いなりになって家のために結婚するなんてまっぴらだと思っただけだ」

だからこそ、宝生堂の社長ではなく、父の子として答えを紡いだ。

「お義父様」

すると、依茉がこの部屋に入ってから初めて口を開いた。

「私は尊さんだけを愛してます。これから先、何年でも何十年でもお義父様に認めていただけるまで絶対に諦めません。これがあのときのお返事です」

きっぱりと言い切った横顔は、もうどんなことにも揺るがないと語っていた。

こんなときなのに胸の奥から喜びが突き上げてきて、今すぐに彼女を抱きしめたくなる。

危ういほどの激しい衝動をグッと堪え、父を見据えた。

「君も姉と同じだな……」

父が項垂れるように呟き、力なく笑う。

「もっと大人しく言いなりになる人間かと思ってたが、私が思ってたよりもずっと強かだ……」

依茉は微笑を零し、「姉妹ですから」とだけ返した。

「長妻との提携には及ばないでしょうが、友利薬品からうちの傘下に入ってもいいという返事をいただきました。それともうひとつ、ドイツにいる研究者の多田さんが宝生製薬と三年間契約を結んでくれるそうです」

「なんだと？」

「それは本当か？」

祖父と父が腰を上げ、縋るような顔で俺を見てくる。

「はい。以前からコンタクトを取っていて、ようやくいい返事をもらえました」

ふたりらしくもない姿は、それだけ宝生グループの行く末を案じているのが伝わってくる。

彼女を傷つけたことは許せないが、この件だけは共感できた。

「友利薬品とはビジネスパートナーになれないかと打診したんですが、先方が資金繰りに困っていたこともあって傘下に入ってもらう方がいいだろう、と。条件も宝生製薬にとって申し分ないはずです」

随分と骨が折れたが、ようやく俺の望み通りに纏まった。

これでひとまず、長妻薬品との業務提携がなくなってもどうにかなるだろう。

場合によっては、それよりも大きな利益を生む可能性もある。

俺は「詳細は改めて明日の朝に報告しに行きます」と告げて立ち上がり、依茉にも席を立つように促す。

祖父も父も、今は状況を整理するだけで精一杯のようだった。

そう察した俺は、息を短く吐く。

「言いたいことがあるのなら、いつでもお聞きします。ですが、俺たちの意志が変わらないことだけは忘れないでいただきたい」

最後に静かにそう言い置いたあと、彼女とともにホテルの部屋を後にした。

四　永遠の切愛

ホテルを出た私たちは、私の実家に向かった。

両親は突然の訪問に驚きながらも、リビングに通してくれた。

結婚して以来、私が実家に足を踏み入れるのは初めてのことだ。

尊さんに止められていたわけじゃなかったけれど、私自身に思うところがあって両親と距離を置いていた。

久しぶりに実家に来たせいか、今夜ここに来た目的を彼から数日前に聞いて知っているからか……。

少し前まで住んでいた家なのに、ずっと緊張している。

私は余計なことは言わないように、両親とは軽く言葉を交わすだけにとどめた。

「単刀直入に申し上げます。このままでは東雲貿易は持たない」

ソファを四人で囲んで程なく、尊さんがそう切り出した。

ソルシエールとの共同企画、長妻薬品によるスパイ騒動。そして、彼が水面下で進めていた友利薬品と多田さんという研究者のこと。

それらに加え、尊さんは東雲貿易についての話し合いに訪れてくれたのだ。

パーティーだけでも目まぐるしく、私はすでにキャパオーバーだった。

けれど、彼は今日ですべてにケリをつけるつもりでいる。

数日前に長妻薬品のことも含めて聞かされていたため、私も覚悟を決めていた。

「この状態で経営を続けるのではなく、覚悟を決めませんか？」

「それは……援助を打ち切るということですか……？」

不安げな父に、尊さんが小さく頷く。

「今の援助はあくまで私個人がしてることですが、東雲貿易の経営状況を見る限りではどのみち息は長くないでしょう。私の援助程度ではもうどうしようもないところまで来てるんです」

途端、父は蒼白になっていった。

「破産手続きをするか、どうしてもそれが嫌だというのなら宝生堂の傘下に入るという手もあります。ただ、後者は容易ではありません。祖父と父の説得はもちろん、重役会議も通さなければならない。そのときまで東雲貿易は持たないでしょう」

「しかし……それでは、うちは……！」

「そうです。ですが、東雲貿易はもう限界まで来てるんですよ」

父が絶望感を滲ませ、母は不安げに私たちと父を見ている。

静かに取り乱す両親を前に、私は息をゆっくりと吐いた。

「お父さん、破産手続きをしようよ」

「依茉……！　お前、なんてことを……！　うちの社員が何人いると思ってる！　今でこそ小さな会社だが、それでも社員たちは家族だって抱えてるんだぞ！」

「うん、わかってるよ」

「だったら、口を出すんじゃない！」

「お父さん！」

語気を強めた私に、みんなが目を丸くする。

らしくない口調に驚かせたのを察しながらも、そのまま続けた。

「私は経営のことはわからないけど、うちがずっと自転車操業だったのはもう知ってる。今だって、尊さんの力がないと会社の存続すらできないんでしょう？　お姉ちゃんや尊さんに頼った上での経営なんて、これ以上は続けるべきじゃないと思う」

「だが……」

まだ納得できずにいる父に、「お父さん」と優しく声をかける。

「私、結婚してから実家とは関係のないところで仕事を始めて、きちんと働くことがどれだけ大変なのか身に染みたの。自分がどんなに甘やかされてきたのかも……。すごく恥ずかしかったけど、そういうことを身をもって知ったからこそ成長できたとも思ってる」

小暮さんから最初の報酬をもらったとき、高校生のバイト代にも満たないような給料でも、初めて自分の力だけで手にしたということに感動した。

そして、自分がいかにぬるま湯に浸かっていたのかも痛感させられた。

「お父さんももう目を覚ますべきなんだよ。東雲の名前なんて、今となっては価値がないものなんだから」

けれど、だからこそ強くなれたとも思う。

ずっと尊さんに守られていた私だって、これからはお腹の子を守っていかなければいけないのだ。

なによりも、彼にはもうこれ以上は実家のことで迷惑をかけたくなかった。

そのためにも、両親の間違いを正さなくてはいけない。

「妊娠したからこそ、強く思ったの。没落した華族の名前や倒産寸前の会社なんて、子どもを犠牲にしてまで守るべきものじゃない……って」

両親を真っ直ぐに見つめて告げれば、ふたりが瞠目した。

「私はもう母親なの。だから、お父さんのやり方には賛成できない。お姉ちゃんに援助してもらって、お姉ちゃんが無理になったからって代わりに私を差し出して、尊さんに頼り切って……。そんなやり方はもうやめて」

厳しい口調の私に、父がハッとしたように黙り込む。

重苦しい沈黙が下りたけれど、私は父の言葉を待っていた。

実は、ここに来る前に尊さんが『依茉のお父さんが破産手続きをするのなら、東雲貿易の社員の面倒を見る』とまで言ってくれていた。

その上で、彼があえてこの場でそれを口に出さなかったのは、父自身に決断させるためだ。

だから、私も父の答えを待ちたかった。

長い沈黙のあと、父が諦めたようにため息をついた。

「本当はもう、わかってたんだ……。でも、お父さんはお前たちや社員を守るためにどんなことでもするしかなかった……」

父の言い分も気持ちも、まったくわからないわけじゃない。

それでも、どこかで幕を下ろさなければいけない。

援助を受けて問題を先延ばしにしたところで、なんの解決にもならないのだから。

「だが、もう終わりにしよう……」

肩を落とした父が、やけに小さく見える。

「きっと、それがいいんだ……」

自分自身に言い聞かせるような父の声音に鼻の奥がツンと痛んだけれど、私は震えそうな声で「うん」とだけ返した。


帰宅後、尊さんとともにソファに腰を下ろした。

気が抜けたせいか一気に疲労感が押し寄せてきて、しばらくは動きたくない。

「無理をさせてすまなかった」

「いいえ。少し疲れましたけど、どれも上手くいってよかったです。それでも、私たちのことを認めてもらえるわけじゃないと思いますが……」

「確かにそうかもしれない。でも、正面を切って反対されないくらいのことはしたつもりだ。俺なりに手を尽くしたし、これでもダメなら駆け落ちでもするか」

彼らしくない冗談に、クスッと笑ってしまう。

「笑ったな。俺は結構本気で言ったんだだが」

「ダメですよ。宝生グループは尊さんがいなくなったら困ります。だから、ちゃんと認めてもらえるように、私がもっと頑張ります。尊さんはずっと私を守ってくれてましたが、守られてばかりなのはもう嫌ですから」

なにをどう頑張ればいいのかはわからない。

けれど、守られてばかりだった頃には戻りたくないから、私なりにできることを精一杯したいと思う。

「愛する妻を守るのは当然のことだ。最初に真実を話せない分、依茉のことはなにがあっても守り切ろうと自分に誓ってた」

「尊さん……」

「まあ、結果的にはちゃんと守れなかったけどな」

「そんなことありません」

眉を下げた尊さんに、すかさず首を振ってみせる。

「今日だけでも、これまでに充分すぎるくらい守ってもらってたんだと思えました。だからこそ、私ももっと強くなります。尊さんとこの子を守れるように」

そっと触れた下腹部は、わずかにふっくらしてきた。

不思議な感覚もあるけれど、そこには確かに小さな命が存在しているのだ。

「だから、尊さんはもう自分ひとりで頑張らないでくださいね」

笑顔を向ければ、彼が幸せそうに微笑む。

「俺の奥さんはかっこいいな。惚れ直すよ」

その瞳には、愛おしいと言わんばかりの愛情が滲んでいた。

「依茉、愛してるよ」

「私も……尊さんのことが大好きです」

まだ〝愛している〟というのは恥ずかしくて、けれど私なりの想いを伝えれば、尊さんが破顔した。

端正な顔が、そっと近づいてくる。

瞼を閉じて唇が重なった瞬間、お腹の中の小さな命の鼓動が聞こえた気がした。

＊　＊　＊

暦は四月下旬。

寒い冬を乗り越えて訪れた春も、少しずつ夏に向かっていく。

そんな風に感じる中、初めての結婚記念日を迎えた。

今日は尊さんが休みを取ってくれ、ふたりでランチに行くことになっている。

本当はディナーも提案してくれたけれど、最近めっきり疲れやすくなった私の体調を考慮して、午後はゆっくり過ごすことにした。

場所は、グラツィオーゾホテルのフレンチレストラン。

今回も、彼が妊娠中であると伝えてくれていたため、妊婦でも安心して食べられる食材を使ったコース料理が振る舞われた。

「和泉さんから聞きましたけど、今日のためにすごく頑張ってくれたんですよね？」

食事を終えて切り出すと、尊さんが眉をひそめた。

「和泉が？　まったく……。余計なことは言うな、と釘を刺しておいたのに」

不服そうな彼に、ふふっと笑ってしまう。

先日、尊さんに頼まれ事をされた和泉さんが家にやってきた。

そのときに彼から『社長は今、結婚記念日に休暇を取るために普段以上に仕事を詰め込んでいますので、当日はぜひ癒やして差し上げてください』と言われたのだ。

尊さんが私のために頑張ってくれていることが、とても嬉しかった。

なによりも、彼も結婚記念日を一緒に過ごしたいと思ってくれていることに幸せを感じ、愛おしさがもっと大きくなった。

「私は聞けて嬉しかったですよ」

「男からすれば、そういうことは知られたくないものなんだよ」

そう言いながらも、尊さんの表情は優しい。

向けられる眼差しの温もりや穏やかな笑顔を前に、私は幸福感を噛みしめた。

食後は予約制の屋上庭園を歩き、優美なバラと緑に囲まれた場所で都内の景色を満喫した。

「あとで下の庭園も歩きませんか？」

「構わないが、依茉は疲れてないか？」

すっかり大きくなった私の下腹部を見て、尊さんが心配そうな顔をする。

「平気です。体調次第ですけど、臨月に入っても動いた方がいいそうですよ。私はもう悪阻もないですし、ちゃんと元気なのでお散歩したいです」

「わかった。じゃあ、少しだけ歩こう」

仲良く手を繋いで屋上庭園を後にし、エレベーターで一階に下りる。

ロビーからもよく見える庭園には、新緑の木々が生い茂っている。

色とりどりの季節の花も、青空の下で咲き誇っていた。

グラツィオーゾホテルの庭園は和風でありながら外国原産の花も多く、和洋折衷とも言える。

芝桜が美しい絨毯のように見えるエリアがあるかと思えば、スズランが静かに並んでいたりハナミズキが日陰を作っていたりと、どこを見ても楽しめた。

「あの日はこんな風に景色を楽しむ余裕はなかったな」

「あの日？」

無意識のうちに呟いていた声を、隣を歩く彼が拾ってくれる。

「尊さんとお姉ちゃんのお見合いの日です。あの日、私は粗相のないようにって考えるばかりで、ここを歩いてるときもずっと緊張してたんです」

宝生家に迷惑をかけないように、少しでも気に入られるように……。

お見合いをするのは私じゃないのに、自分のことのように緊張でいっぱいだった。

「そのことなんだが……結婚記念日なのに、本当にここでよかったのか？　なにも俺と優茉さんが見合いをした場所じゃなくても、他にもっとあるだろ」

過去を思い出して懐かしくなっていた私に、尊さんが怪訝そうな目を向けてくる。

今日のお店を決めるにあたって、彼は私の希望を訊いてくれた。

普段なら、尊さんが予《あらかじ》め決めておいてくれるかリクエストを訊かれても彼に任せてしまうけれど、今日はあえてグラツィオーゾホテルを選んだ。

尊さんには、それがずっと不思議だったみたい。

「上書きしたかったんです」

私は苦笑を零し、彼を見上げた。

「上書き？」

「はい」

ちょうど尊さんと出会ったベンチが目の前に見え、「座りませんか？」と微笑む。

彼は頷いてから私を支えて先に座らせてくれ、自分も隣に腰を下ろした。

「だって、ここは尊さんとお姉ちゃんのお見合いの場所だったから、尊さんにとってはお姉ちゃんとの思い出が強いでしょう？　だから、尊さんの中に私との思い出を上書きしたかったんです」

あけすけに言えば、ただの独占欲だ。

尊さんと出会ったのが彼と姉のお見合いだというのは、仕方がないこと。

それでもやっぱり、私との記憶を強く残してほしかった。

姉のことは好きだけれど、尊さんと私の出会いの場を私たちだけの思い出で塗り替えたかったのだ。

「なんだ、そんなことか」

「……子どもっぽいって思ってますか？」

「いや？　可愛いと思ったよ」

悪戯っぽい笑みを浮かべた彼が、私の肩を抱き寄せる。そして、こめかみにそっとくちづけた。

「それに、依茉は『お姉ちゃんとの思い出が強い』と言ったが、俺はここで依茉と出会ったときのことの方がよく覚えてる。あの日も会話もな」

「え？」

「俺は、依茉が赤ちゃんを庇うために転んだ瞬間から、依茉から目が離せなくなったんだ。ここで依茉と初めて話したことも、靴を買いに行ったときのことも、全部鮮明に覚えてるよ」

目を真ん丸にする私に、尊さんがどこか白状したように苦笑を零す。

「見合いのときだって優茉さんじゃなくて依茉ばかり見てた、って言っただろ？」

想いを伝え合ったときに、彼は確かにそう言ってくれていた。

それでも私は、尊さんの記憶には姉とのことの方が残っていると思っていたのだ。

「……本当ですか？」

「ああ」

彼が少しだけはにかんだように微笑み、ゆっくりと頷く。

嬉しくて、胸がいっぱいで……。

「それなら、仮面夫婦なんて思わなくてよかったんですね」

けれど、その分だけ遠回りしてしまったことに複雑な思いも抱く。

尊さんが私を守るためにしてくれた提案だったとしても、私は絶対に彼への恋情を悟られてはいけないと思っていたから。

「……って、こんなこと言ってごめんなさい。わかってるんです、尊さんは私のためにそう言ってくれてただけだって。だから、責めるつもりはなくて……」

「ああ、わかってる。最初から素直に言えていたらどんなによかっただろうと、俺も思うことがあるからな」

「尊さん……」

「仮面夫婦という言葉を使ったのは、依茉が本気で俺と離婚したくなったときに依茉を手放せるようにしておこうという気持ちもあった。あんな始まり方だったからこそ、せめて依茉に逃げ道を作っておきたかったんだ」

真っ直ぐに正面を見つめて話す尊さんに、ほんの少しだけ切なくなる。

「じゃあ、尊さんは私が望めば離婚する気だったんですか？」

その優しさは嬉しいのに納得できなくて、彼を見つめながら問いかけた。

私に視線を向けた尊さんが、ふっと眉を下げる。

「いや……」

彼はわずかにかぶりを振り、困り顔で微笑を零した。

「離婚なんてできなかっただろうな。きっと、縋りついてでも止めてたよ」

端正な顔で、どこか乞うような瞳で。暗に、私をとても好きだと語る。

（ずるい……）

ただ『愛している』と言われるよりもずっと愛を感じて、どこか尊さんらしくない一面を垣間見た気がした。

いつだって大人で、余裕があって、とてもかっこよくて。

優しいのに、ときどき意地悪で、それでいて甘くて。

その上で、こんな風に弱い一面も見せてくれてる。

ずるい……と感じるのに、言葉にできないほど愛おしくてたまらなかった。

そして、同時に伝えたくなった。

私がどれくらい尊さんのことを好きでいて、いつだって彼に翻弄されてばかりいるのだということを……。

「私から別れを切り出すつもりなんて、まったくありませんでしたよ」

「本当に？」

じっと見つめてくる尊さんが、なんだか可愛く思えてしまう。

「はい。だって、私の初恋も最後の恋も尊さんですから」

胸いっぱいの愛おしさを伝えるように、満面の笑みを返した。

直後、彼の顔に幸福感が滲み、まるで流れるような仕草で私の唇を奪いにきた。

「っ……！　ここ、外ですよ……！」

さきほどのこめかみならまだしも、普通にキスをするなんて信じられない。

羞恥に包まれて頬を真っ赤にする私に、尊さんが悪びれのない笑みを湛える。

「仕方ないだろ。依茉が可愛いことを言うから、我慢できなくなったんだ」

とんだ責任転嫁だ。

「依茉、もう一回キスさせて」

そう思うのに、甘い懇願に抗えない。

「大丈夫。近くに人はいないだろ」

そして、誘惑上手な彼の思うがまま、私たちは出会った場所で人目を盗むようにそっと唇を重ねた——。

エピローグ　Side Mikoto

初夏の香りが強まり本格的な夏が間近に迫る、ある日の昼下がり。

二十時間以上にわたる陣痛の末、分娩室に元気な産声が響いた。

「――ふぇぁっ、ほぎゃぁ……」

「おめでとうございます！　元気な女の子ですよ」

二八〇三グラムの、ともすれば片手で包めてしまえそうなほどの小さな女の子。

全身に汗をかいていた依茉がホッとしたように微笑み、俺たちは分娩に立ち会った産科医やスタッフたちから祝福の言葉を浴びた。

「尊さん……」

俺の手を握りしめていた彼女の瞳には、涙が浮かんでいる。

「依茉……ありがとう」

真っ先に零れた感謝に、依茉が首を小さく横に振る。

「ママ、抱っこしてあげてください」

胸元に乗せられた新生児を見つめる彼女の眼差しは、慈愛に満ちている。

その姿を見ているだけで胸の奥から込み上げてくるものがあり、俺は滲む視界の中にいる妻と生まれてきたばかりの子どもを記憶に焼きつけた。

『そうか、生まれたのか』

「はい。少し前に、無事に生まれました」

先に分娩室から出た俺は、病室で依茉を待つ間に方々に連絡を入れた。

最後に知らせた父は、しみじみと噛みしめるように呟いたあとで黙り込んだ。

未だに俺たちのことを認めていない父には、彼女を必要以上に接触させないようにしている。

さすがにもう離婚させようとまでは思っていないようだが、不満はあるのだろう。

ソルシエールとの共同企画の収益は上々。

友利薬品とも上手くいっていると聞いており、多田さんも新薬の研究に尽力してくれているそうだ。

それでもまだ、父は依茉のことを認められないようで、俺たちの溝は埋まらないままだった。

結局、結婚式も挙げていないため、出産後に落ち着いてから家族三人だけで挙げようと決めている。

彼女も『そうしたいです』と賛成してくれた。

『尊』

「はい」

『彼女に、『おめでとう、色々とすまなかった』と……』

電話の向こうから小さく聞こえてきた言葉は、空耳かと思ったほど。

あの父が謝罪をするなんて思ってもみなかったせいで、すぐに反応できなかった。

しかし、これが父なりの譲歩なのかもしれない。

不器用な歩み寄りに、この人に似なくてよかった……と思いつつ苦笑が漏れた。

「それはご自分でお伝えください。落ち着いたら会う機会を作りますから」

父は無言だったが、俺はそれを承諾と受け取って電話を切る。

病室のソファに腰を下ろし、息を深く吐いた。

(とにかく依茉も赤ちゃんも無事でよかった……)

この二十時間ほどは、人生で一番長く感じたかもしれない。

最初のうちはまだ話す余裕があった依茉も、次第に痛みに悶《もだ》え苦しみ、叫ぶことはなくとも何度も涙を零していた。

分娩室に入ってからは大声を上げ、傍にいる俺の手を驚くほどの力で握ってきた。手の至るところに彼女の爪が食い込み、何か所かは血が滲んでいる。

俺の想像を絶するほどの痛みと苦しみに襲われていたのだろうと思うと、自分の無力さを痛感させられるばかりだった。

正直、そんな光景を目の当たりにしている間は、生きた心地がしなかった。

それを乗り越えてくれた依茉には、感謝と尊敬しかない。

気が抜けた中でもこの二十時間ほどのことを思い返していると、分娩室から依茉が車椅子で戻ってきた。

ベッドに横になった彼女は、疲れ切った顔をしているのに幸福感を滲ませている。

「赤ちゃん、口元が尊さんに似てて、とても可愛かったです」

ふふっと笑う依茉の頬に触れながら、「目元は依茉にそっくりだったよ」と返す。

「そうですか？」

「ああ。将来は、きっと依茉に似てすごく可愛くなるだろうな」

「もうそんな先のことを考えてるんですか？」

クスクスと肩を揺らす彼女は、随分と穏やかな表情をしていた。

体はボロボロだとわかっているが、そんな依茉の姿にようやく胸を撫で下ろす。

「考えてるよ。恋人ができたらショックを受ける想像までした」

「気が早いですよ。パパは心配性ですね」

彼女が冗談めかしたように目を細める。

静かで穏やかな空気に包まれた気がして、胸の奥がじんわりと温かくなった。


「宝生さん、赤ちゃんのケアが終わりましたよ」

程なくして、看護師が赤ちゃんを連れてきた。

この子がほんの少し前まで依茉のお腹の中にいたと思うと、まだどこか不思議な感じがする。

看護師は依茉に娘を抱かせると、「なにかあれば呼んでください」と言い置いて、家族水入らずにしてくれた。

「尊さんも抱っこしてあげてください」

そう言われて、恐る恐る小さな体を受け取る。

「さっき抱いたときも思ったが、壊しそうで怖いな……」

「頑張ってください、パパ。退院したら毎日抱っこするんですから」

「そうだな」

依茉の方がずっと年下だというのに、娘に接する様子はすでに俺よりも彼女の方が遥かに落ち着いている。

父親学級にも参加したが、今からこんなことでは先が思いやられそうだ。

きっと、俺をここまで戸惑わせるのは、この世に妻と娘しかいないだろう。

そう思うと、ふたりへの愛おしさが溢れ出し、幸福感に包まれていく気がした。

「依茉、頑張ってくれてありがとう」

優しい笑みを浮かべて首を横に振った依茉の耳元に、そっと顔を近づける。

「愛してる」

そして、彼女への抑え切れない想いを囁いた。

目の前には愛する妻、腕の中には大切な我が子。

言葉では言い尽くせないほどの幸せを手にしている俺は、眠る娘を抱いたまま依茉にキスをした。

番外編『キスは天使が眠ったあとで』Side Mikoto

娘の璃茉《りま》が生まれて、早三年。

家族三人で、宝生家のプライベートジェットでアメリカを訪れていた。

璃茉が生まれてからというもの、動物園や水族館、公園といった場所には幾度となく足を運んだ。

しかし、遊園地にはなかなか行く機会がなかった。

そこで、璃茉の三歳の誕生日を迎えるのを機に、いっそ海外で遊園地デビューをさせようと考えたのだ。

場所は世界各国にある遊園地の本場、カリフォルニア。

ファンタジーな雰囲気に包まれた園内は、さながら夢の国のようだ。

璃茉と同じく遊園地が初めての依茉は、もしかしたら璃茉以上にはしゃいでいたかもしれない。

キャラクターの耳をつけたふたりとお揃いのものを、俺まで着用させられた。

もちろん拒否したが、可愛い妻子にお願いされれば断り切るのは至難の業である。

知り合いには絶対に会わないことを祈りつつ、ふたりの言う通りにした。すれ違う日本人の視線が刺さっていた気がしたのは、気のせいだと思いたい。

遊園地では一日中遊び尽くした。

途中で璃茉が何度か眠ってしまっても、この日を楽しみにしていた依茉と園内を回り、弾けるような笑顔を見せる彼女とのデート気分を味わった。

「初めての遊園地がカリフォルニアなんて、すっごく贅沢ですね！」

依茉は事あるごとにそんなことを口にしたが、今回は新婚旅行も兼ねている。

約四年越しの新婚旅行だと思えば、贅沢なんてことはない。

家族三人で結婚式を挙げるつもりだった俺たちだが、突然父が『結婚式はきちんと執り行うように』と言い出した。

それによって予定は大幅に狂い、結局は璃茉が一歳の誕生日を迎えた直後に『ユウキウェディング』で結婚式と披露宴を挙げた。

そして、家族で式を挙げる頃に行こうと考えていた新婚旅行が、どんどん先延ばしになってしまったのだ。

だからこそ、ようやく彼女との約束を叶えられたことが嬉しかった。

夜になると、璃茉は早々に眠ってしまった。

最近の寝かしつけでは手こずることが多いが、よほど疲れたのだろう。

小さな両手で買ったばかりのぬいぐるみを抱きしめている璃茉の姿に、依茉と顔を見合わせて笑った。

「よく眠ってますね」

「ああ。本当に楽しかったんだろうな」

「すごくはしゃいでましたから。起きてる間はベビーカーに乗りたがりませんでしたし、こんなに歩いたのは初めてだと思います」

日中の璃茉の姿を思い出せば、ぐっすり眠るのにも頷ける。

「今日は夢が叶って嬉しいことばかりでした。私、すごく幸せです」

「俺もだよ」

微笑み合い、自然と唇を重ねる。

「璃茉も、きっと幸せだと思います。あんなに楽しそうでしたから」

彼女が璃茉の前髪をかき分け、ふふっと笑う。

「兄弟がいたらもっと楽しそう」

それはきっと、深い意味がない言葉だったのだろう。

ただなにげなく呟いただけだと、わかっている。

けれど、俺は依茉の後頭部に手を回し、もう片方の手で頬に触れた。

「俺はそろそろふたり目が欲しいな、って思うんだが」

低く囁けば、その意図を理解した彼女の頬が赤らんでいく。

「依茉は？」

瞳を緩めて唇の端を持ち上げた俺に、依茉が恥じらいながらもこくりと頷いた。

刹那、彼女の体を抱き上げて、もうひとつのベッドルームへと移動する。

エグゼクティブスイートを取っておいたおかげで、愛し合う場所には困らない。

広いベッドに依茉を下ろして程なく、彼女の唇を塞いだ。

触れて、啄《ついば》むようにくちづけて。割り開かせた唇に舌を差し込み、執拗なほどに激しいキスを繰り返す。

俺は、愛おしい妻の柔らかな体を時間をかけて余すことなく堪能し、ひどく甘やかな夜に酔いしれた――。

END

あとがき

『身代わり政略婚なのに、私を愛さないはずの堅物旦那様が剥き出しの独占欲で迫ってきます』をお手に取ってくださり、本当にありがとうございます。

光栄なことに、マーマレード文庫様とのご縁も十度目となりました。

ちょうど五年前、『クールな御曹司は甘い恋をご所望です』で初めてマーマレード文庫様とご縁をいただいたときには、こうして十冊も刊行させていただけるとは想像もしていませんでした。

これもひとえに、応援してくださる皆様のおかげです。感謝と初心を忘れず、今後も末永くご縁をいただけるように精進していこうと、改めて強く思っています。

今作のヒーローは、久しぶりの王道の御曹司でした。

御曹司や社長ヒーローはマーマレード文庫様でも何作か書かせていただいていますが、初めて『身代わり』というテーマに挑戦することになったため、草案を作成する段階ではヒロインをどんなキャラにするかとても悩みました。

結果的に生まれた依茉は、自分の本心を隠しながらも実は密かに意志の強い真っ直ぐな性格で、作中では大きな成長を見せたのではないかと思っています。

誤解から勘違いしてばかりの依茉でしたが、ヒーロー目線での想いがダダ漏れの尊を楽しみつつ、依茉とともにときめいていただけていたら嬉しいです。

また、いつも通り既刊のキャラや場所にも気づいていただけましたでしょうか？


最後になりましたが、今作でも細やかにご指南くださった担当様、十度目のご縁をくださったマーマレード文庫編集部様、心よりお礼申し上げます。

イラストをご担当くださいました、アヒル森下《もりした》先生。色気たっぷりの美麗なヒーローと可愛いヒロインを描いてくださり、本当にありがとうございました。

完成イラストを受け取ったときには、「尊と依茉だ！」と感動してしまいました。

そしてなによりも、いつも応援してくださっている皆様と、今これを読んでくださっているあなたに、精一杯の感謝を込めて。本当にありがとうございました。

またどこかでお会いできますように——と願いを込めて。

河野美姫《かわのみき》

ファンレターの宛先

マーマレード文庫をお買い上げいただきありがとうございます。
この作品を読んでのご意見・ご感想をお聞かせください。

宛先 〒100-0004 東京都千代田区大手町1-5-1 大手町ファーストスクエア
イーストタワー 19階
株式会社ハーパーコリンズ・ジャパン マーマレード文庫編集部
河野美姫先生

マーマレード文庫特製壁紙プレゼント!

読者アンケートにお答えいただいた方全員に、表紙イラストの
特製PC用・スマートフォン用壁紙をプレゼントします。

詳細はマーマレード文庫サイトをご覧ください!!
公式サイト
@marmaladebunko
SNSもチェック!

原・稿・大・募・集

マーマレード文庫では
大人の女性のための恋愛小説を募集しております。
優秀な作品は当社より文庫として刊行いたします。
また、将来性のある方には編集者が担当につき、個別に指導いたします。

募集作品
男女の恋愛が描かれたオリジナルロマンス小説（二次創作は不可）。
商業未発表であれば、同人誌・Web上で発表済みの作品でも応募可能です。

応募資格
年齢性別プロアマ問いません。

応募要項
・A4判の用紙に、8万～12万字程度。
・用紙の1枚目に以下の項目を記入してください。
①作品名（ふりがな）／②作家名（ふりがな）／③本名（ふりがな）④年齢職業／⑤連絡先（郵便番号・住所・電話番号）／⑥メールアドレス／⑦略歴（他紙応募歴等）／⑧サイトURL（なければ省略）
・用紙の2枚目に800字程度のあらすじを付けてください。
・プリントアウトした作品原稿には必ず通し番号を入れ、右上をクリップなどで綴じてください。
・商業誌経験のある方は見本誌をお送りいただけると幸いです。

注意事項
・お送りいただいた原稿は返却いたしません。あらかじめご了承ください。
・必ず印刷されたものをお送りください。
CD-Rなどのデータのみの応募はお断りいたします。
・採用された方のみ担当者よりご連絡いたします。選考経過・審査結果についてのお問い合わせには応じられませんのでご了承ください。

m a r m a l a d e b u n k o

応募先
〒100-0004 東京都千代田区大手町1-5-1 大手町ファーストスクエア イーストタワー19階
株式会社ハーパーコリンズ・ジャパン「マーマレード文庫作品募集」係

ご質問はこちらまで E-Mail / marmalade_label@harpercollins.co.jp

marmalade bunko
マーマレード文庫

身代わり政略婚なのに、私を愛さないはずの堅物旦那様が剥き出しの独占欲で迫ってきます

2024年2月15日　第1刷発行　定価はカバーに表示してあります

著者　河野美姫　©MIKI KAWANO 2024
編集　株式会社エースクリエイター
発行人　鈴木幸辰
発行所　株式会社ハーパーコリンズ・ジャパン
東京都千代田区大手町1-5-1
電話　04-2951-2000（注文）
0570-008091（読者サービス係）
印刷・製本　中央精版印刷株式会社

Printed in Japan ©K.K. HarperCollins Japan 2024
ISBN-978-4-596-53725-6

m a r m a l a d e b u n k o